ANATOMIA *de um* DESAPARECIMENTO

HISHAM MATAR

ANATOMIA *de um* DESAPARECIMENTO

Tradução de
Julián Fuks

EDITORA RECORD
RIO DE JANEIRO • SÃO PAULO
2012

CIP-BRASIL. CATALOGAÇÃO-NA-FONTE
SINDICATO NACIONAL DOS EDITORES DE LIVROS, RJ

Matar, Hisham, 1970
M376a   Anatomia de um desaparecimento / Hisham Matar;
tradução de Julián Fuks. – Rio de Janeiro: Record, 2012.

Tradução de: Anatomy of a disappearance
ISBN 978-85-01-09632-6

1. Pai e filho – Ficção. 2. Madrastas – Ficção. 3. Ficção
americana. I. Fuks, Julián. II. Título.

11-6040
CDD: 813
CDU: 821.111(73)-3

TÍTULO ORIGINAL EM INGLÊS:
Anatomy of a disappearance

Copyright © Hisham Matar, 2011

Texto revisado segundo o novo Acordo Ortográfico da Língua Portuguesa.

Todos os direitos reservados. Proibida a reprodução, no todo ou em parte,
através de quaisquer meios. Os direitos morais do autor foram assegurados.

Editoração eletrônica: Abreu's System

Direitos exclusivos de publicação em língua portuguesa somente para o Brasil
adquiridos pela
EDITORA RECORD LTDA.
Rua Argentina, 171 – Rio de Janeiro, RJ – 20921-380 – Tel.: 2585-2000,
que se reserva a propriedade literária desta tradução.

Impresso no Brasil

ISBN 978-85-01-09632-6

Seja um leitor preferencial Record.
Cadastre-se e receba informações sobre nossos
lançamentos e nossas promoções.

Atendimento e venda direta ao leitor:
mdireto@record.com.br ou (21) 2585-2002.

Para J.H.M.

Part Number 1

Capítulo 1

Às vezes a ausência do meu pai pesa tanto quanto uma criança sentada no meu peito. Outras vezes eu mal consigo me lembrar das feições exatas de seu rosto e tenho que ir buscar as fotografias que guardo em um envelope velho na gaveta da mesinha de cabeceira. Não se passou um dia desde seu súbito e misterioso sumiço em que eu não tenha procurado por ele, vasculhando os lugares mais improváveis. Tudo e todos, a própria existência, tornaram-se uma evocação, uma possibilidade de semelhança. Talvez seja isso o que signifique aquela palavra curta e hoje quase arcaica: elegia.

Não o vejo no espelho, mas posso senti-lo ajeitando-se, como se tivesse que se retorcer para caber dentro de uma camiseta apertada. Meu pai sempre foi intimamente misterioso, mesmo quando estava presente. Quase posso imaginar como teria sido me aproximar dele como um igual, como um amigo, mas não chego a isso.

*

Meu pai desapareceu em 1972, no início das minhas férias escolares de Natal, quando eu tinha 14 anos. Mona e eu estávamos no Montreux Palace, tomando o café da manhã — eu com meu copo grande de um belo suco de laranja, ela com seu chá preto fumegante — no terraço com vista para a superfície azul-metálico do lago Léman, além do qual, atrás das montanhas e das águas sinuosas, ficava a cidade agora vazia de Genebra. Eu estava observando os silenciosos parapentes planarem acima do lago sereno, e ela folheando *La Tribune de Genève*, quando de repente sua mão foi à boca e tremeu.

Alguns minutos depois estávamos a bordo de um trem, quase sem falar, passando o jornal um para o outro.

Na delegacia, recolhemos os poucos pertences que haviam sido deixados na mesa de cabeceira. Quando abri a pequena sacola de plástico, com seu tabaco e o isqueiro de pederneira, senti o cheiro dele. Esse mesmo relógio agora envolve meu punho, e ainda hoje, depois de tantos anos, quando aperto contra as narinas o lado interno da pulseira de couro, posso detectar uma sutil fragrância de meu pai.

*

Hoje me pergunto como teria sido diferente minha história se as mãos de Mona não fossem belas, se fossem rudes as pontas de seus dedos.

Tantos anos depois, ainda ouço a mesma persistência infantil, "Eu a vi primeiro", que estalava como um demônio na minha língua toda vez que eu flagrava um dos gestos vindicadores de meu pai: os dedos dele mergulhando nos cabelos dela, a mão dele pousando na coxa dela coberta pela saia, com a distração de um homem que mexe no lóbulo da própria orelha enquanto fala. Ele adotara o hábito ocidental de andar de mãos dadas, beijar-se, abraçar-se em público. Mas não me enganava; como um mau ator, parecia incerto de seus passos. Sempre que me via os observando, ele desviava o olhar, e eu posso jurar que identificava certo rubor em suas faces. Uma obscura ternura toma conta de mim agora quando penso no quanto ele se esforçava; no quanto eu ainda anseio por uma afinidade fácil com meu pai. Nossa relação carecia de algo que eu sempre acreditara que seria possível se houvesse tempo, talvez depois que me tornasse um homem, depois que ele me visse tornar-me um pai: uma espécie de calma, de eloquência emocional. Mas agora as distâncias que então governavam nossas interações e abriam um vão de silêncio entre nós continuam moldando-o em meus pensamentos.

Capítulo 2

Conhecemos Mona no Magda Marina, um hotel pequeno na Praia de Agami, em Alexandria. Embora o mar ficasse próximo, não chegávamos a nadar, e eu nunca pedia para construir castelos de areia. A maioria dos hóspedes também ignorava o mar, mostrando-se contente com as instalações do hotel e com os limitados prazeres da piscina. As estruturas cúbicas de concreto dos quartos de cômodo único nos ocultavam da paisagem circundante. Dava para ouvir as ondas marulhando preguiçosamente contra a praia como um cão de guarda roncando, mas só víamos estreitos relances do azul.

O Pai havia me levado àquele lugar nos dois verões anteriores, desde a súbita morte da Mãe.

Enquanto minha mãe estava viva, nunca íamos a lugares como o Magda Marina. Ela não gostava do calor. Nunca cheguei a vê-la de maiô ou fechando os olhos para o sol, em rendição repentina. Bastava chegar a primavera no Cairo que ela disparava a planejar nossas escapadas de verão. Uma vez veraneamos no alto dos Alpes Suíços — meu corpo se enrijecia ante a visão dos abismos profundos e ocos que se abriam na terra rochosa.

Outra vez ela nos levou a Nordland, no norte da Noruega, onde as montanhas negras e austeras refletiam com precisão seus picos lascados nas águas paradas. Hospedamo-nos em uma cabana de madeira que ficava, solitária, junto ao lago, pintada da mesma cor marrom-avermelhada das folhas secas. Em volta do telhado havia uma calha larga como uma coxa humana. Lá, o que quer que caísse do céu caía em abundância. Não havia à vista nenhuma outra estrutura construída pelo homem. Algumas tardes a Mãe desaparecia, e eu não deixava transparecer ao Pai que meu coração latejava aos meus ouvidos. Eu ficava no meu quarto até ouvir passos no deque e a porta da cozinha se abrir, deslizando para o lado. Uma vez a encontrei ali com as mãos manchadas de um vermelho bem escuro, um globo maldesenhado tingido na frente de sua blusa. Com olhos limpos como vidro, abertos, satisfeitos, ela me ofereceu um punhado de frutas silvestres. Tinham uma doçura madura difícil de se atribuir àquela paisagem.

Uma noite a neblina se fez espessa, abstraindo as lambidas e os suspiros das luzes do norte. É preciso maturidade para apreciar um horror desses. Um calor cheio de ansiedade invadiu minha mente de 8 anos, e eu me encolhi na cama, tentando abafar o choro, torcendo para que a Mãe me fizesse uma de suas visitas noturnas, beijasse minha testa, se deitasse ao meu lado. De manhã o mundo imóvel retornou: as águas inocentes, as montanhas ferozes, o céu pálido pontilhado de pequenas nuvens recém-nascidas. Eu a encontrei na cozinha, aquecendo o leite, um copo d'água no balcão de mármore branco ao seu lado. Nem suco, nem chá ou café; água era sua bebida matinal. Ela deu um gole e, com sua insistência habitual em não fazer barulho, abafou o impacto com a ponta macia do dedo mindinho. Qualquer ruído súbito a inquietava. Ela era capaz de realizar todas as tarefas de um dia inteiro quase em total silêncio. Eu me sentei à mesa alugada, onde, quando os três nos reuníamos para as refeições, de vez em quando a Mãe perscrutava a quarta cadeira vazia como se aquilo simbolizasse uma ausência, algo perdido. Ela serviu o leite quente. Uma corrente de vapor lavou o ar e desapareceu pela lateral do pescoço dela.

— Por que a cara fechada? — ela me perguntou.

Ela me levou lá fora, ao deque que se estendia por cima do lago. O ar era tão gelado que aguilhoava minha garganta. Ficamos parados em silêncio. Eu me lembrei do que ela havia dito ao meu pai no carro quando vimos surgirem na paisagem pela primeira vez as montanhas nuas de Nordland: "Aqui Deus decidiu ser escultor; em tudo o mais Ele se contém."

"Se contém?", o Pai ecoou. "Você fala Dele como se fosse um amigo seu."

Naqueles tempos, o Pai não acreditava em Deus. Ele costumava receber com um sarcasmo irritado as alusões dela ao Divino. Talvez eu não devesse ter me surpreendido quando, depois que minha mãe morreu, ele passou a entoar preces esporádicas; o sarcasmo, na maioria das vezes, esconde uma fascinação secreta.

*

Era o romantismo das lareiras, a discrição dos casacos pesados, o que atraía minha mãe ao norte e aos lugares despovoados da Europa? Ou era a imobilidade impecável de uma quinzena passada quase inteiramente dentro de casa com as duas únicas pessoas que ela podia reivindicar para si? Comecei a pensar naqueles períodos de férias, não importando onde fossem, como se tivessem se passado em um único país — o país dela — e nos silêncios que as marcavam como a melancolia dela. Havia momentos em que a infelicidade dela parecia tão elementar quanto água límpida.

Depois que ela morreu, logo ficou óbvio que o que o Pai sempre quisera fazer, nas duas semanas em que se permitia folga a cada verão, era ficar deitado ao sol o dia inteiro. Por isso o Magda Marina tornou-se o lugar onde ele e eu passávamos aquelas duas semanas. Ele parecia ter perdido o jeito comigo; a viuvez o desapropriou de qualquer desembaraço que algum dia tivera na presença de seu filho único. Quando nos sentávamos para comer, ele ou lia o jornal ou fitava a distância. Sempre que me flagrava olhando para ele, irritava-se ou olhava o relógio. Assim que terminava de comer, acendia um cigarro e estalava os dedos para pedir a conta, sem se preocupar em ver se eu também havia terminado.

— Vejo você no quarto.

Ele nunca fazia isso quando a Mãe estava viva.

Em vez disso, quando os três íamos a um restaurante, eles se sentavam lado a lado, na minha frente. Se todos nos engajávamos em alguma conversa, ela dirigia a mim a maior parte de suas contribuições, como se eu fosse a parede de uma quadra de squash. E quando o desconforto dele o levava a brincar de animador, ela monitorava, com seu jeito discreto, minhas reações à alegria forçada dele ou, se ele não conseguia mais aguentar, aos seus vastos silêncios. Com os olhos da Mãe sobre mim eu prestava atenção ao Pai observando os outros clientes ou fixando o olhar na paisagem, geralmente alguma rua ou praça pouco notável, sem dúvida sonhando acordado ou planejando algo em seu trabalho secreto, sobre o qual eu nunca o ouvi falar. Nesses momentos, era como se fosse ele o menino obrigado a comer com os adultos; como se ele fosse o filho e eu, o pai.

Depois que ela morreu, ele e eu parecíamos dois solteiros dividindo um apartamento, unidos pelas circunstâncias ou por obrigação. Mas então aquela terna compaixão, crua e súbita, surgia nele nos momentos mais inesperados, e ele mergulhava o rosto no meu pescoço, aspirava profundamente e me beijava, fazendo cócegas com seu bigode. Então começávamos a rir como se tudo estivesse bem.

Capítulo 3

Juro que é verdade; fui eu que vi Mona primeiro.

Ela estava sentada nos azulejos de cerâmica que cercavam a piscina retangular do Magda Marina, olhando a sola do próprio pé. Os azulejos eram decorados com um desenho que, muitos anos depois, em uma viagem a Granada, eu descobriria ser a cópia industrial de um mosaico em uma parede de Alhambra. Quando vi o original, corri os dedos sobre o desenho e deixei que minha mente retornasse àquele remoto dia do verão de 1971 em Alexandria, quando eu tinha 12 anos. Seus cabelos estavam penteados à perfeição em um rabo de cavalo, e ela trajava um maiô amarelo escandalosamente vivo que fazia sua pele parecer mais escura, e a ela própria, mais jovem. Por um momento pensei que fosse uma menina. Por um momento a tira amarela que cruzava suas costas me trouxe à lembrança a identificação amarela atada ao punho da minha mãe quando ela estava no hospital. A luz cintilava em tom azul, refletindo sutilmente na superfície da água e incidindo no corpo de Mona.

— Este pedaço da pele é árabe; este vem da sua mãe inglesa — como mais tarde eu aprenderia a provocá-la.

Ela puxava o próprio tornozelo, dobrando o pescoço, a espinha da coluna forçando a tira amarela. Olhando em retrospectiva, tenho inveja da confiança com que a abordei, como se eu estivesse cruzando a estrada para salvar uma tartaruga virada com o casco para baixo. Esse autocontrole natural se evadiu de mim desde então. Enquanto o Pai conseguiu se livrar daquele manto de timidez com o passar dos anos, o meu só se tornou mais pesado.

Sentei-me de pernas cruzadas ao lado dela nos azulejos e, sem pedir permissão, posicionei seu pé dolorido em meu colo. Comecei a inspecionar todos os dedos. Ela não ofereceu resistência. Então, incrustado na parte de baixo de um dos dedos, encontrei: a nódoa marrom de um espinho camuflando-se na carne rosa.

— Semana passada — eu disse a ela, virando seu pé para conseguir um ângulo melhor — aconteceu a mesma coisa comigo. Sofri o dia inteiro até não aguentar mais, e logo antes de ir dormir consegui tirar.

Capturei o espinho entre duas unhas. Ela se encolheu, mas eu não recuei.

— Era bem assim — eu disse, apoiando o espinho na ponta do indicador para mostrar a ela. Nossas cabeças estavam tão próximas agora que eu senti uma mecha de seus cabelos tocar minha têmpora.

— Obrigada — disse ela, num árabe correto.

Eu podia ver que seus ombros estavam agora mais relaxados.

— Qual o seu nome?

Era um sotaque inglês. Eu tinha certeza.

Ela correu a mão pela minha bochecha, segurou meu queixo e me encarou. Tinha olhos inconstantes: marrons, verdes e cinzentos ao mesmo tempo.

— Nuri — eu disse enfim, me afastando. — Nuri el-Alfi.

— Prazer em conhecê-lo, Nuri el-Alfi — disse ela, sorrindo um sorriso que eu não pude entender.

Voltei para onde o Pai tomava sol. Ele escorava o torso largo sobre os cotovelos.

— Quem é? — perguntou, os olhos cravados nela.

Pensei em voltar correndo para perguntar seu nome, mas ela se levantou, deslizando dois dedos pela parte de baixo do maiô para ajeitá-lo em volta das nádegas. O desenho dos azulejos estava sutilmente impresso atrás de uma das coxas. Ela se virou para nós. Eu me perguntei se estaria olhando para mim ou para o Pai, ou para nós dois. Então ela foi se sentar a uma mesa em que um copo de limonada a esperava. O Pai reclinou-se, seu cotovelo vermelho pela pressão, e fechou os olhos. Sob o bigode perfeitamente aparado, seus lábios formaram um sorriso preciso, astuto, irônico, como se ele estivesse satisfeito com a própria inteligência, como se tivesse decifrado uma charada na metade do tempo. Ela olhou de novo na nossa direção, acendeu um cigarro, depois fingiu estar olhando para outro lado. Finalmente, fechou os olhos para o sol. Eu a observava sem pudor. Queria vesti-la como se veste uma roupa, dobrar-me às costelas dela, ser uma pedra em sua boca. Fingi ocupar-me em andar em volta da piscina, para vê-la de todos os ângulos. De repente ela abriu os olhos, olhou para mim, sem surpresa, imóvel. Veio até a beira da piscina, mergulhou um pé na água, em seguida o outro, e se afastou na ponta dos pés. Vi o rastro de pegadas molhadas evaporar. O copo de limonada ainda estava ali, paciente e cheio. Um dos garçons que suavam dentro do colete e da gravata-borboleta o levou embora. Eu lamentei não ter chegado ao copo antes dele. Como teria sido maravilhoso beber alguma coisa feita para ela.

Encontrei o Pai de bruços, as ripas de madeira da espreguiçadeira marcadas em vermelho ao longo de suas costas.

*

Não voltei a vê-la pelo resto da manhã. E, antes de nos sentarmos à mesa para almoçar, notei que o Pai também varria com os olhos o restaurante. Eu levantava o rosto do prato a cada vez que alguém entrava, e, de costas para a porta, o Pai espiava meu rosto como se fosse um espelho. Em determinado momento ele se virou para ver quem entrara, e eu senti que havia conseguido enganá-lo.

Depois do almoço a maioria dos hóspedes se retirava para o quarto a fim de escapar do sol. Restavam uns poucos europeus estirados fora da sombra junto à piscina, suas peles da cor de uma casca de laranja. De quando em quando uma brisa farfalhava as páginas dos livros e revistas no chão ao lado deles, mas os corpos permaneciam reluzentes e imóveis no calor branco.

Levei minha bola aos gramados guarnecidos que serpenteavam entre os quartos. Cada quarto era construído em formato de caixa, tendo na fachada portas corrediças de vidro, espelhadas para preservar a privacidade. As estruturas zuniam cada uma com seu ar-condicionado, que do lado de fora assobiava e soprava ar quente. Eu me sentia espionado pelos hóspedes de cada quarto, mesmo suspeitando que estivessem cochilando, como o Pai. Ele se deitava no frescor, as cortinas fechadas, um tornozelo descansando sobre o outro, o jornal estalando entre as mãos, inclinando-se levemente em direção ao abajur.

Um quarto tinha a porta aberta da largura de dois dedos. Eu podia ouvir a água corrente, uma música inglesa e uma voz feminina que a acompanhava. Deslizei a porta um pouco mais para entrar, mas esperei até que meus olhos se ajustassem à sombra. O quarto era uma réplica exata do nosso, as mesmas colchas, o mesmo papel de parede e a mesma mobília, exceto pelo fato de ter uma cama tão larga quanto as nossas duas camas de solteiro combinadas. A porta do banheiro também fora deixada entreaberta, o maiô amarelo pendurado na maçaneta. Percebi então que eu vinha procurando por ela, torcendo para encontrá-la longe do olhar do meu pai. Senti uma excitação febril de estar no quarto dela, dentro da câmara privada daquela mulher misteriosa que viajava sozinha. Quem era ela? Como sabia falar nossa língua? São tão poucos os não árabes que falam árabe que, quando se encontra um deles, é tão estimulante quanto vislumbrar um amigo na plateia de um grande teatro logo antes que as luzes se apaguem. E o modo como se movia, o modo como ela me olhava do outro lado da piscina, expressava uma confiança de seu propósito que sugeria que ela não estava de férias, que não fora até lá apenas para passar o tempo, e imediatamente ela adquirira o fascínio daqueles que, como meu pai, pareciam viver suas vidas em segredo.

Eu me sentei ao pé da cama, apoiando a bola ao meu lado. Havia um par de sapatos em frente à poltrona. Um pé estava de lado, revelando o couro cor de creme pressionado e moldado do interior. Sobre a cômoda havia um colar de pérolas, um frasco de perfume e uma escova de cabelos. Com a mão na maçaneta da porta do banheiro, tocando o maiô úmido, espiei com um dos olhos pela fresta estreita. Vi seu corpo nu turvado pela cortina do chuveiro: o triângulo de pelos pretos embaçado e mexendo-se como um daqueles borrões que aparecem quando se olha direto para o sol. Não fiz nenhum ruído e tinha certeza de que ela não podia me ver, mas de repente ela disse:

— Quem está aí?

Eu corri, sem me preocupar em não fazer barulho agora, corri o mais rápido que pude para fora do quarto, e só me lembrei da bola quando já era tarde demais para voltar e apanhá-la.

*

Assim que o Pai despertou de seu cochilo, eu lhe contei:
— Minha bola rolou sem querer para dentro de um dos quartos e eu achei que não seria certo entrar para pegá-la.
— E? — ele disse, fazendo a barba. Em geral ele se barbeava toda noite, antes do jantar, e não de manhã, como a maioria dos homens.
— Eu só não quero que ninguém pense que eu estava espionando ou coisa parecida.
— Mas eu sempre soube que você era um espiãozinho — ele disse, sorrindo no espelho.
Levou a lâmina ao pescoço e raspou uma faixa de espuma em uma arremetida fácil.

*

À noite eu a encontrei em um vestido preto parada junto à nossa mesa do restaurante, conversando com o Pai, uma das mãos no encosto da cadeira oposta, a minha cadeira. As pérolas rodeavam seu pescoço. O cabelo escovado caía pesado, sabendo exatamente onde curvar-se para trás, logo acima da mandíbula. E, ao me aproximar, senti a fragrância de seu perfume.
— Aqui está seu amiguinho — disse o Pai em inglês, quando eu estava perto o bastante para ouvir.
Ela estendeu a mão. Eu a apertei, incapaz de olhá-la nos olhos.

— Fale, não seja tímido — disse o Pai naquele silêncio constrangedor. — Ele frequenta uma escola inglesa — explicou a ela.

Outra cadeira foi trazida, outro lugar arranjado, e jantamos juntos. Ela não mencionou uma palavra sobre o que ocorrera à tarde, mas quando o Pai foi atender a um telefonema, ela sorriu.

— Hoje mais cedo entrou um rato no meu quarto. Um rato bem grande.

E de novo, com aquela garra branda como pena, ela segurou meu queixo.

— Amanhã vá lá buscar sua bola.

Ela tomou um gole d'água, e então secou o canto da boca com o guardanapo branco.

— Seu pai me disse que você tem 12 anos. Por alguma razão, pensei que fosse mais velho.

Ela agora já não falava em árabe, e, assim, faltava-lhe a vulnerabilidade que eu detectara antes, à piscina. E como havia sido o Pai quem escolhera falar inglês quando eu me aproximara da mesa, senti que era ele quem estava por trás daquela transformação.

Capítulo 4

Na manhã seguinte, não fui tomar café. Atravessei o prédio principal do hotel, onde ficava o restaurante, e passei pelos caminhos de grama que serpenteavam entre os quartos. O mar estava calmo. Eu podia ouvir de longe a conversa e os risos entrecortados dos europeus que tomavam o café da manhã no restaurante. Imaginei o Pai sentado ali sozinho, lendo o jornal. Senti-me culpado. Mas de imediato isso se transformou em ciúme, porque o quadro seguinte que minha mente desenhou tinha Mona sentada à frente dele.

Sentei-me, recostado na casca espinhosa de uma palmeira. A sombra de sua coroa se espalhava à minha volta e se movia ao vento. Eu podia ver o quarto dela. Se Mona saísse ou entrasse, eu a veria. Então comecei a chorar, com uma dor nova e desnorteante. Um dos jardineiros de macacão azul percebeu. A aba larga de seu chapéu de lona subia e descia enquanto ele corria. Pensei em me levantar e sair dali, mas o choro só se tornou mais intenso. Ele se curvou.

— *Malish, malish* — ele disse, dando tapinhas em meu ombro.

Nunca me perguntou a razão por trás das lágrimas. Com alguma frequência minha mente retornou a esse ato de bondade. Lembro-me de rir com ele, mas não sei de quê. Lembro-me de seu rosto desgastado, seus olhos pesados, suas faces não barbeadas, seus dentes amarelados, o cheiro de terra úmida, mas não consigo lembrar o que o fez rir de modo tão contagioso.

Fui lavar meu rosto no mar. Duas mulheres vestidas, provavelmente serventes do hotel, estavam paradas com água até a cintura. Balões de tecido preto as cercavam e resplandeciam sempre que uma delas se movia. A conversa entre as duas tornou-se um sussurro quando me viram, sussurros pouco mais altos do que as ondas que se agitavam contra os meus pés. Desejei que Naima estivesse ali conosco. Ela era nossa empregada desde antes de eu nascer. Naquele momento, senti que ela me conhecia melhor do que qualquer outra pessoa no mundo.

Um homem de short e boné de beisebol — agora, ao relembrar, acho que devia ser um diplomata aposentado — com um tufo de pelos grisalhos no meio do peito bronzeado, corria em bom ritmo pela praia.

— Bom dia — ele gritou em inglês, embora já fosse quase meio-dia e fôssemos ambos árabes.

Tive vontade de ir atrás dele, gritando "Bom dia, bom dia", fazendo caretas idiotas. Em vez disso, lambi o sal dos meus lábios e voltei aos jardins do Magda Marina.

*

Embora eu não tenha visto uma sombra aparecendo ao meu lado ou ouvido sua aproximação, não me assustei quando ela veio por trás e enredou o braço no meu. Seus lábios sorriam. Suas faces brilhavam pela travessura.

— Estava procurando você — ela disse, e eu senti que o nó na minha garganta se dissolvia.

Ela ia à frente, conduzindo-me até seu quarto. O vento batia enquanto ela andava, fazendo o algodão cinza e frouxo de seu vestido apegar-se à curva de sua panturrilha, ao tremor forte de sua coxa, ao arco de suas nádegas.

— Espere aqui — ela disse, e entrou no quarto.

Eu flagrei meu reflexo no vidro espelhado: olhos vermelhos, bochechas inchadas.

Ela voltou e me entregou a bola.

— Da próxima vez, bata à porta.

Eu assenti e já ia me afastando.

— Não, seu bobo, volte aqui — ela disse, rindo, e abriu a porta.

Eu fiquei parado, incerto do que me esperava. Ela apontou para a poltrona. Sentei-me ali, onde fiquei inalando seus odores, lembrando-me do guarda-roupa da Mãe e do cheiro que tinha quando eu estava dentro e fechava as portas. Mas agora tudo se derramava pela porta aberta. Pensei em pedir que ela a fechasse, mas o dia estava quente.

O mesmo colar de pérolas desenhava um oito sobre a mesa de centro. Eu a imaginei voltando ao quarto a cada noite depois do jantar e, em vez de afundar na poltrona, sentando na beirada, perguntando-se o que fazer em seguida.

— Quer suco? — ela perguntou, abrindo um frigobar idêntico ao que nós tínhamos no nosso quarto. — Goiaba?

Colocou a garrafinha na minha frente, mas não tirou a tampa, e não me pareceu educado que eu mesmo o fizesse.

Ela se sentou na beira da cama, onde eu me sentara no dia anterior e ficara ouvindo-a cantar no chuveiro. Notei um pequeno toca-fitas na mesa de cabeceira.

— Gosta de música?

Como eu não respondi, ela apertou um botão no toca-fitas, e uma música inglesa rápida e boba preencheu o quarto.

Ela estendeu as mãos na minha direção e me puxou para me levantar. Eu fingi estar olhando o quarto. Ela fechou os olhos e ergueu os braços sobre a cabeça. A cada movimento seus seios tremiam um pouco sob o algodão cinza.

*

Passei cada minuto que eu tinha com Mona. A cada vez que eu precisava abandoná-la para ir ao banheiro, meu coração se acelerava até que eu voltasse. E de noite, quando eu tinha que ir dormir, o desejo e a excitação de vê-la no dia seguinte me mantinham acordado. Nadamos no mar, construímos castelos de areia e compartilhamos nossa perplexidade em relação aos hóspedes que não se aventuravam para além da piscina. No quarto dela, dançamos músicas pop que de repente ganhavam profundidades ocultas para minha mente infantil. Meus olhos já não estavam abatidos; na verdade, com frequência eu perdia o controle sobre eles e sem qualquer restrição fixava o olhar em uma parte específica de sua anatomia. Uma vez, quando ela perscrutava o mar, eu estudei seu pescoço, um lugar onde a pele era tão delicada que dava para ver as veias esmeralda tecendo sua complexa rede. Beijei-a ali. Ela me olhou. Então, nem tanto de timidez mas de espanto, eu desviei o olhar.

Ela me falou sobre Londres, a cidade onde morava, sobre sua mãe, sobre o que se lembrava de seu pai falecido, "Monir". Só o primeiro nome, como se ele fosse um amigo ou um amante. Morrera quando Mona tinha 10 anos. Era de Alexandria. Por isso ela finalmente decidira visitar a cidade. Hoje, percebo que deve ter sido em parte essa perda precoce o que atraiu Mona em meu pai, um árabe 15 anos mais velho que ela.

— Monir — repeti, como se concordando. — Deve ter sido daí que saiu seu nome.

— Imagino que sim.
Contei-lhe sobre minha mãe, como também eu perdera um dos pais aos 10 anos.
Ela me olhou, assentindo. Senti que duvidava da minha história. Depois do que pareceu ser um silêncio longo demais, ela disse:
— Deve ser difícil, para o seu pai.
Mostrou-me uma foto de Monir: um rosto egípcio jovem e solene com corte de cabelo inglês. Sua roupa evidentemente escolhida com cuidado — um firme colarinho branco, uma gravata fina que parecia feita de argila, colete e paletó pretos — expressava uma ansiedade, uma tentativa autoconsciente de ser levado a sério. Mais tarde, quando morei em Londres, muitas vezes me perguntei como seria para ele, um egípcio, viver na Grã-Bretanha nos anos 1940 e 1950. As sobrancelhas levemente flexionadas, as faces encovadas e o bigode que parecia uma linha traçada por lápis pareciam indicar algo sobre aquela vida.

Já a foto da mãe era mais recente, em cores, e mostrava o rosto de uma inglesa de meia-idade tranquilamente resignada: bonita, com ombros que caíam com delicadeza e um pescoço forte, uma mulher no próprio país.

Mona também era filha única. Disse que gostava disso, e de imediato eu falei que também gostava. E por um momento acreditei nisso. Não lhe contei como desejava um irmão, principalmente que fosse também garoto; não lhe contei como, quando a Mãe estava viva, eu me sentia como um personagem menor entre os dois protagonistas que realmente importavam, e como, depois de sua morte, o Pai quase nunca arriscando qualquer menção a ela, eu desejava compartilhar minha perda, a densidade do sofrimento, com algum aliado, algum semelhante. Não lhe contei nada disso, e não porque eu não soubesse como dizê-lo ou porque não sentia poder confidenciar-lhe algo, mas porque ali, naquele momento, sentado ao lado dela e tomado pela força da minha adoração, eu me sentia invencível.

Capítulo 5

Não havia dúvida quanto a qual de nós estava então mais próximo de Mona. Só víamos o Pai durante as refeições. Ele passava o tempo tomando sol, lendo livros imensos: um sobre a Guerra do Suez; outro, uma biografia de nosso último rei, com um retrato do monarca na capa.

Sempre que o Pai adquiria um novo livro sobre nosso país, de imediato ele ia examinar o índice onomástico.

— Quem você está procurando? — perguntei-lhe uma vez.

Ele balançou a cabeça e respondeu:

— Ninguém.

Mais tarde, porém, também eu passei a examinar os índices. Parecia pura imitação. Foi só quando encontrei o nome do meu pai — Kamal Paxá el-Alfi — que percebi o que estava procurando. Kamal Paxá, diziam esses livros, foi um dos conselheiros mais próximos do rei e um dos poucos homens que podiam circular pelo palácio real sem marcar hora. E sempre que o jovem monarca estava em uma de suas crises de ansiedade — talvez suspeitando que seu fim estava próximo —, era a Kamal Paxá el-Alfi que chamavam para dissipar seus temores. Nesses livros meu pai também era descrito como um aristocrata que depois da revolução se deslocou "gradualmente, mas com efeito radical" para a esquerda. Li essas coisas sobre meu pai antes de saber o que significavam. E se eu fosse até ele com perguntas, com suavidade ele as defletia:

— Foi tudo muito tempo atrás.
Raramente eu insistia, porque sabia que ele estava sendo fiel aos desejos da Mãe.
— Não transfira o peso do passado ao seu filho — ela lhe disse uma vez.
— Não se pode viver fora da história — ele argumentou. — Não temos nada do que nos envergonhar. Pelo contrário.
Depois de um longo silêncio, ela respondeu:
— Quem falou de vergonha? É da nostalgia que eu quero poupá-lo. Da nostalgia e do fardo das nossas esperanças.
Outro livro que ele levava consigo no Magda Marina, um do qual ele quase não se separava desde a morte da Mãe, era *Canção da Chuva*, de Badr Shakir al-Sayyab. Naquela época eu lia passagens dos livros do Pai ou de artigos de jornal que eu tivesse certeza que ele lera, por querer seguir a trilha que ele tomara. E na maior parte das vezes eu podia ver o que havia lhe interessado. Mas ainda não consigo entender o que o homem por quem eu o tomava, um homem tão ferrenhamente comprometido com planos nunca revelados, um homem que consultava apenas a história e as notícias e que parecia dedicar sua atenção com precisão eficiente aos seus projetos, o que esse homem via na poesia de al-Sayyab. Eu não conseguia imaginá-lo, por exemplo, no mundo de um verso como "o mar era acariciado pela mão do anoitecer". Esse era o território da Mãe. Várias vezes tive o ímpeto de dizer: "Agora é tarde demais para fingir entendê-la." Mas talvez eu o estivesse lendo mal. Talvez ele de fato encontrasse algum pequeno campo de pouso nos versos de al-Sayyab. Talvez ele de fato a entendesse. Ainda assim, uma parte do meu coração nunca deixa de culpá-lo pela morte dela.

Só anos mais tarde, depois de seu desaparecimento, quando voltei à nossa casa no Cairo, foi que eu notei que ao lado de seu nome, Ihsan, a Mãe também havia escrito no verso da capa do livro: "Novembro de 1958, Paris". O mês, o ano e a cidade do meu nascimento.

*

Quando Mona e eu nos juntávamos ao Pai no restaurante, ele nunca lia o jornal ou perscrutava a distância, e sim conversava, olhando mais para mim do que para ela. Dava para perceber, contudo, que tudo o que ele dizia estava marcado pela intenção de impressioná-la. Ela se sentava entre nós na mesa para dois. E, pela primeira vez desde a morte da Mãe, eu via aquela faísca voltar aos olhos de meu pai enquanto ele recontava velhas anedotas de quando era um "orgulhoso criado do rei". O Pai falava com animação sobre como, em 1941, quando ele tinha 12 anos, conhecera o lendário tio do rei: um general que havia liderado tropas otomanas na Primeira Guerra Mundial e falava sete línguas. O herói nacional apertou a mão do Pai com a firmeza de uma "britadeira", e quando, alguns dias depois, o Paxá morreu, em uma tentativa de golpe de Estado, o Pai esteve na primeira fila do funeral. A proximidade dos acontecimentos era deslumbrante, mas quando, depois de uma pausa perfeitamente calculada, ele acrescentou que ambos os eventos o fizeram chorar, provocou um sorriso em Mona.

Era surpreendente, para mim, ouvir meu pai falando assim; era raro ele mencionar sua vida pública.

Depois de um silêncio que os recém-conhecidos devem se permitir de vez em quando, o Pai disse:

— Antes de voltar para Londres, você tem que vir nos visitar no Cairo.

— Talvez na próxima vez — ela respondeu, corando sutilmente.

— Não — eu disse. — Tem que ser desta vez. Tenho muita coisa para lhe mostrar.

— Você não pode vir até tão longe e não ver o Nilo, os museus, as pirâmides.

O Pai e eu estávamos formando um front unido.

— Bem — disse ela, inclinando a cabeça para o lado.

— Do meu quarto dá para ver as pirâmides ao longe — falei.

Por alguma razão isso fez com que os dois rissem.

— Bem que eu gostaria — disse ela, pegando minha mão. — Mas, querido, minha passagem... não vou conseguir mudar.

Empilhando no garfo os últimos grãos de arroz, o Pai disse:

— Posso cuidar disso.

Uma nova timidez se revelou nos olhos dela.

— Vou ligar para minha secretária e pedir que ela remarque sua passagem — disse ele, e fechou os lábios sobre o garfo cheio.

*

Na manhã seguinte não encontrei nenhum dos dois no restaurante.

— Já tomaram café — disse o garçom, servindo-me suco de laranja.

Saí correndo à procura deles. Fui encontrá-los caminhando junto ao mar, não de braços dados, mas seus passos não podiam ser mais sincronizados. Nenhum dos dois reagiu ao notar minha aproximação. Andei alguns passos ao lado dela, depois corri e, sem encontrar lugar no meio, posicionei-me ao lado do meu pai. A conversa deles, assim como seus passos, transcorria indiferente a mim. O Pai estava exercitando com ela uma de suas antigas teorias.

— Caravaggio é mais importante que Michelangelo porque correu mais riscos.

— Quando viveu Caravaggio? E Michelangelo? Entendo. Interessante.

Mas esse era o propósito do Pai, é claro: intimidar e impressionar. E Mona era uma presa fácil, porque tinha pouco interesse verdadeiro por arte.

Sentaram-se de frente para o mar. As mãos de ambos descansavam lado a lado na areia seca, o dedo mínimo dele sobre o dela. Tentei imaginar amigos assim.

— Não posso acreditar que você nunca foi a Paris — comentou ele.

— Eu sei, eu sei — ela disse, enrubescendo mas sem recolher a mão.

— Criminosa — ele disse.

Ela soltou uma risada diferente das que eu ouvira antes. Esta era mais alta e tinha um tom duro de avidez.

— Eu nasci em Paris — falei.

— Eu sei, querido — disse ela, levando uma descuidada mão à minha bochecha, depois a deixando repousar de novo sobre seu peito, o indicador entrando por baixo da blusa.

— Nuri, vá buscar meu diário — disse o Pai. Quando eu já me afastara alguns passos, ele acrescentou: — E os cigarros, por favor.

Capítulo 6

Dois anos antes, minha mãe morrera.

Lembro agora como, durante as longas horas da tarde, eu usava os quadris dela como travesseiro. Ouvia o ritmo constante de sua respiração, as páginas de seu livro sendo viradas. Se eu caía no sono, o som se tornava uma brisa preguiçosa agitando uma árvore, ou uma vassoura escovando a terra. Guardo a lembrança de sua clavícula. Eu costumava tentar alcançá-la como um alpinista em busca de uma saliência mais firme. Lembro-me também de seus cabelos, os fios grossos feito barbante. Eu estendia um fio da testa até a língua, e o sentia retesar-se como uma lâmina. Nada disso a distraía de sua leitura. Eu observava a flor aberta de seus olhos percorrer as linhas, aqueles mesmos olhos que se faziam sagazes quando eu a flagrava atrás de uma cortina ao brincarmos de esconde-esconde ou quando eu lhe mostrava uma borboleta luminosa que capturara. Com que rapidez suas bochechas se avermelhavam então. Ela falava, em um cálido sussurro, e então o riso tomava conta de sua garganta. Agora estou acima do chão, surpreso com a suavidade de sua mandíbula angulosa, onde descanso a testa. Olho o formato de sua orelha. Ela foi o mais próximo que eu já cheguei de ter uma irmã.

E então havia aqueles vãos súbitos e cruéis, as clareiras onde ela parava sozinha, sem saber como voltar. Esses eram os dias em que ela ficava inalcançável. Como seus olhos desfaleciam então, me olhando como se identificassem alguém que ela conhecia pouco. Às vezes, à noite, eu acordava e a encontrava ali, perto de mim, estudando meu rosto. Ela forçava um sorriso e ia embora, fechando em silêncio a porta atrás de si, como se eu não fosse dela. Outras vezes ela se deitava ao meu lado, duas cabeças compartilhando um travesseiro. As mãos dela, os dedos pálidos e finos que nunca me pareceriam compatíveis com sua força, eram galhos congelados. Ela as prendia entre meus joelhos ou, se eu estava deitado de costas, os deslizava pela parte de baixo da minha coluna, lugar que ainda é dela.

Em seu último ano de vida, seus silêncios tornaram-se mais profundos e mais frequentes. Alguns dias ela nem saía do quarto. Quando chamava alguém, chamava apenas sua fiel empregada, Naima, que também se referia a ela como mamãe.

— Claro, mamãe.
— Agora mesmo, mamãe.

Naima era sempre mandada à farmácia para comprar aspirinas, soníferos, analgésicos.

Tão antiga e persistente parecia a infelicidade da Mãe que eu nunca parei para me perguntar qual seria sua verdadeira causa. Nada é mais aceitável do que aquilo dentro do qual nascemos.

*

Lembro-me da última noite.

Era tarde. Naima já se desfizera de sua djelaba doméstica, trajando agora o tecido duro de seu vestido preto, um véu apertado em volta da cabeça, revelando o formato delicado do crânio. E havia a familiar sacola pendurada à cintura, contendo uma ou duas e nunca mais que três frutas, as formas arredondadas visíveis sob o plástico.

Por instrução da Mãe, toda noite Naima tinha que ir até a grande fruteira que ficava no centro da longa mesa de jantar e levar para casa as goiabas, os damascos ou as maçãs que já estivessem maduros demais. Naima resistia e muitas vezes argumentava que as frutas ainda estavam boas. Sua resistência me desconcertava porque eu sabia que, em seu aniversário, os pais de Naima só lhe davam uma maçã ou um punhado de amoras.

Ela estava ali agora, muda e hesitante, à porta de minha mãe. Ergueu a mão, mas não bateu.

— Quando ela acordar — sussurrou —, diga-lhe que já fui. Até amanhã.

Ela deve ter percebido que eu não queria que ela fosse embora, porque parou e perguntou:

— Já escovou os dentes?

Todas as vezes que eu erguia os olhos da pia, a via no espelho, parada à porta do banheiro, segurando as mãos à frente da barriga como alguém que rezasse.

Eu a segui até a porta e parei descalço no mármore frio. Ela olhou seu reflexo nebuloso no vidro longo e estreito da porta do elevador e com mãos nervosas prendeu os cabelos desgarrados. Nunca deixou de temer o longo caminho até sua casa. Nas ocasiões em que seus pais lhe permitiam passar a noite conosco, Naima desempenhava suas tarefas domésticas com entusiasmo renovado, insistindo em tirar de novo o pó das prateleiras de livros e limpar os banheiros mais uma vez, o tempo todo fazendo piadas das quais ninguém ria. Os silêncios que se seguiam sempre faziam suas bochechas corarem.

— Pode ir agora, você vai se resfriar.

Mas eu não me movi até o elevador chegar, porque, apesar de suas palavras, eu sabia que ela apreciava meu apego. Havia sempre algo elusivo em Naima que precisava da confirmação não tanto da minha atenção, mas da minha lealdade, como se ela temesse que eu pudesse, um dia, traí-la.

Esperei o Pai chegar e só uma vez me atrevi a entrar no quarto da Mãe. Ela estava deitada de lado e não se mexeu quando toquei sua orelha. Fui até meu quarto e subi na cadeira da minha escrivaninha para contemplar uma foto que a Mãe tirara pouco antes de si própria. Ela mesma a emoldurara e pendurara ali. Seus olhos me encaravam de volta sem piscar, mas suas mandíbulas estavam levemente fora de foco, como se ela estivesse emergindo de uma nuvem. Eu gostava da foto porque seu rosto tinha quase o tamanho real.

Eu não sabia, naquela época, por que minha mãe parecia melhor nas fotografias tiradas antes de eu nascer. Não digo simplesmente mais nova, mas também mais cheia de vida como um todo, como se acabasse de descer de um carrossel: os cabelos se assentando, os olhos antecipando mais alegria. E naquelas fotografias quase dava para ouvir uma espécie de música festiva ao fundo. E então tudo muda depois que eu chego. Por um longo tempo, antes de saber a verdade, pensei que havia sido o impacto físico da gravidez o que lhe roubara a disposição alegre. Que de vez em quando voltava a emergir, essa aparência feliz, despertada por uma antiga lembrança, como quando ela contou a história do Pai escorregando e caindo de bunda em uma das vielas estreitas do centro antigo de Genebra.

— As costas brancas cheias de neve — disse ela, quase sem conseguir falar, de tanto que ria. — Chamando meu nome e quase derrubando as pessoas com suas compras de Natal.

O rosto do Pai se alterou, uma expressão solene sugerindo que ele pudesse estar ofendido, o que obviamente tornava tudo mais engraçado.

— Quase quebrei o pescoço — disse ele enfim.

— É, mas seu pai sempre foi um excelente navegador — ela disse, e os dois explodiram em riso.

Não me lembro de nenhuma outra vez ter me sentido tão feliz.

*

Acordei com o Pai repetindo "Redentor, Redentor", e o som de seus passos largos e ansiosos.

Parei na entrada do meu quarto, os olhos débeis contra o lustre resplandecente do hall. Outras pessoas estavam ali, dois homens de branco. Seguravam a porta da casa aberta, e o Pai se precipitava na sua direção, a Mãe mole em seus braços. Seus cabelos longos estavam desordenados e tremulavam a cada passo que ele dava. Seus pés pendiam, e um deles parecia balançar mais. Corri atrás dele pela escada. Lembro-me de uma vez ele apostar corrida comigo naqueles mesmos degraus, dizendo que desceria os três lances e ainda chegaria antes de mim pelo elevador. Quando pousei no térreo foi ele quem abriu a porta, tentando não parecer esbaforido, os olhos brilhando de satisfação. Mas naquele dia, quando me viu correndo atrás dele, parou.

— Nuri.

Seus olhos estavam vermelhos. A Mãe repousava em silêncio em seus braços, os cílios duros como conchas. Parei por um instante, e os dois homens de branco me seguraram.

— Nuri — gritou ele, e os dois homens me olharam. A expressão no rosto deles ainda me aterroriza.

Subi de volta, parando em cada andar, olhando para trás. Depois corri até a sacada de nosso apartamento, minhas mãos apertando o metal frio da balaustrada sobre a minha cabeça. Vi meu pai carregá-la para dentro da ambulância. Um de seus seios estava quase de fora da camisola cinza de cetim. Quando um dos homens de branco tentou tomá-la, o Pai balançou a cabeça e gritou alguma coisa. Ele mesmo a deitou na maca, esticou e cobriu seu corpo, segurou seus cabelos que caíam, enrolou-os como uma pulseira em volta do punho e prendeu-os sob o pescoço dela. Uma sirene começou a soar. O Pai entrou de volta no prédio, cruzando as figuras rígidas de Am-Samir, o porteiro, e seus filhos. A luz da manhã começava a romper, e também eles deviam ter sido tirados do sono. Por alguma razão não pareciam surpresos, como se esperassem que tal calamidade abatesse "a família árabe do terceiro andar". O Nilo fluía forte e indiferente. Quase não havia vento para agitar a grama de bambu que cobria suas margens. As folhas das bananeiras pairavam baixas, e as copas das palmeiras pareciam pesadas como veludo.

Ouvi bater a porta do apartamento.

— Aonde estão levando minha mãe?

Ele se ajoelhou na minha frente para alinhar seu rosto ao meu.

— Ela precisa descansar. Por um tempo... no hospital — disse, e parou, como que para conter uma tosse.

— Por quê? Podemos cuidar dela aqui. Naima e eu podemos cuidar dela. Por que você deixou levarem minha mãe?

— Ela vai voltar logo.

Ele cheirava a cigarro, de outros. Parecia que não tinha dormido nada. Eu o segui ao quarto deles. Uma solidão impressionante iluminou-se quando ele acendeu a luz. A forma dela ainda estava estampada no colchão. O lado de meu pai estava intacto. O ar ali dentro era como o de um lugar que testemunhara um terrível confronto, uma batalha perdida.

Capítulo 7

Ele passou a maioria dos dias subsequentes no hospital. O Pai, que nunca precisara cuidar de mim, agora perguntava constantemente a Naima se seu filho havia comido ou se já era hora de ir para a cama.

— Ele tomou banho? Faça-o escovar os dentes.

De repente, falavam de mim em terceira pessoa. Eu me tornara uma série de tarefas. Dava para ver que o Pai estava irritado por ter que suportar essa responsabilidade doméstica. E a cada vez que eu chorava pela mãe, de quem nunca me separara antes, ele parecia ao mesmo tempo temeroso e impaciente.

— Naima — chamava ele, mais alto do que o necessário.

Pedi para ser levado ao hospital.

— Os médicos estão fazendo tudo o que podem. Não há mais nada que nós possamos fazer.

— Então por que você passa o dia inteiro lá?

Reparei em seus olhos nervosos.

Dois dias depois ele nos levou para visitarmos a Mãe. Em um sinal vermelho, um garoto talvez da minha idade, embora parecesse mais novo por sua magreza, bateu na minha janela. Em volta de seu braço havia coroas de jasmim. Ele vestia uma camiseta vermelha estampada que me lembrava uma que eu costumava usar.

Rígida de timidez, Naima perguntou:

— Podemos comprar algumas? Madame adora jasmim.

Embora Naima não se voltasse para ele diretamente, a pergunta era claramente dirigida ao Pai. Ela sempre se mostrava muito cautelosa em volta dele; me mandava perguntar se ele queria café ou chá, se estava esperando alguém para o almoço, se precisava de algo mais antes que ela fosse embora.

O pai baixou a janela, e o forte calor do dia penetrou no carro. O garoto foi avidamente até ele. O Pai comprou todas as coroas, passeando os olhos pela camiseta do garoto. Entregou os jasmins para Naima e fechou a janela. Seus olhos agora estavam no espelho retrovisor, tentando dar uma última olhada no garoto.

Naima emaranhou os jasmins no colo.

— Vão se enganchar se você fizer isso — falei, e me arrependi de imediato porque ela olhava nervosa pelo retrovisor.

— Não são as roupas que demos ao Ibn Ali? — perguntou o Pai.

Aliviada, Naima olhou para trás. Vimos o garoto correr por entre os carros e sumir.

— Sim, Paxá — disse ela. — Parece a mesma camiseta.

Ibn Ali era um dos orfanatos que de vez em quando o Pai visitava, muitas vezes me levando junto com ele, para entregar comida ou roupas ou fazer uma doação. Também havia o Abd al-Muttalib, o al-Sayeda Aisha e o al-Ridha.

— Não fique chateado — Naima lhe disse. — Não importa o que faça, não dá para impedi-los de trabalhar.

— Mas é um garoto tão novo — disse ele.

— Não muito mais novo do que eu era — disse ela com suavidade, e depois de um silêncio longo demais.

*

Naima apertou forte minha mão quando mergulhamos mais fundo no labirinto de corredores iluminados por neon. Os jasmins estavam pendurados com cuidado em seu outro braço. O odor do hospital era tão implacável que de quando em quando ela levava a pequena nuvem de flores brancas ao nariz. Eu a puxei, e ela me deixou também cheirá-las. O Pai já estava alguns metros à frente. A cada passo que ele dava, os saltos de couro de seus sapatos eram iluminados pela luz neon.

Encontramos a Mãe deitada sob uma fria lâmpada azul. A extremidade das cobertas estava dobrada sob seus braços, quase à altura dos ombros, um punho circundado por uma pulseirinha amarela de plástico, e um bip martelava o silêncio.

Naima deixou os jasmins ao pé da cama e cobriu o rosto.

— Não mandei você...? — disse o Pai, puxando-a para fora do quarto.

Eu estava sozinho com minha mãe. Queria pegar aqueles travesseiros afundados, queria afofá-los. Sua pele estava pálida. Seus olhos estavam fechados de uma forma terrivelmente definitiva, uma umidade instaurada no ponto onde os cílios superiores encontravam os inferiores. Quis tocá-la, e a impossibilidade me amedrontou. Minha mente retornava a uma lembrança distante. Eu tinha 4 ou 5 anos. Ela estava se arrumando para uma festa. Eu estava agachado do lado da cômoda, aos pés dela: salto alto preto, meia de uma cor que fazia sua pele parecer coberta de pó de arroz. Uma linha fina e fosforescente pairava no ponto onde a camurça preta do sapato encontrava a meia. Uma ilusão de ótica. Segui seu rastro, apagando-o e redesenhando o neon com o dedo. Então ela se moveu. Olhei para cima, sorrindo, pensando que lhe havia feito cócegas, mas ela estava apenas se aproximando do espelho para verificar a exatidão da linha que desenhara com o batom.

O Pai tinha razão: não havia nada que pudéssemos fazer.

*

Alguns dias depois, o Pai voltou do hospital mais cedo do que de costume. Foi direto para seu quarto. Eu fiquei do lado de fora por um minuto ou dois e depois bati à porta.

— Agora não, Nuri — disse ele, a voz irregular.

Depois de alguns minutos ouvi o som de água correndo no banheiro dele. Lembrei-me do que a Mãe costumava lhe recomendar quando ele estava de mau humor: "Tome um banho frio. É o que o Profeta, que a paz e a bênção estejam sobre ele, costumava fazer quando recebia uma má notícia." E lembro que o Pai balançava a cabeça. Mas isso foi quando ele ainda não precisava de Deus. Ao sair do chuveiro, ele chamou Naima.

— Feche a porta ao entrar. Onde está Nuri?

— Ustaz Nuri está no quarto dele — disse ela, mesmo tendo me visto parado em frente à porta e tendo passado os dedos pelos meus cabelos e forçado um sorriso antes de entrar.

Ele começou a sussurrar. Alguns segundos depois ouvi-a soltar um grito curto. Teria ele lhe tapado a boca?

Os dedos de Naima passaram o resto do dia trêmulos.

Seus olhos se encheram de lágrimas quando eu perguntei:

— Você está bem? Está doente? Quer um copo de refrigerante?

De hora em hora ela vinha me perguntar:
— Seu pai já falou com você?
O Pai permanecia em seu quarto, falando ao telefone. Ao anoitecer, ele me chamou.
— Sente-se. Me dê sua mão. — Depois de alguns segundos ele disse meu nome, e em seguida as palavras: — A mamãe não vai voltar para casa.
Depois de outra pausa, ele voltou a falar:
— Ela não vai voltar nunca mais.
Puxei minha mão. Não acreditei nele. Insisti que ele me levasse ao hospital.
— Ela não está mais lá.
Ele me segurou, me carregou até o meu quarto e trancou a porta. Do lado de fora, Naima chorava, implorando para que a deixássemos entrar. O Pai abriu a porta e, com ternura impressionante, puxou-a para seu peito e beijou sua cabeça. Também me abraçou e começou a balbuciar que dali em diante a vida não seria mais a mesma, que Deus derrubara sua única árvore e abrigo. Eu procurei, mas não consegui encontrar uma lágrima em nenhum de seus olhos. Isso não devia ter me surpreendido, já que eu nunca vira o Pai chorar.

Capítulo 8

No dia seguinte chegaram 75 cadeiras de madeira, do tipo mais comumente encontrado em cafés egípcios, com um perfil de Nefertiti impresso no encosto. O porteiro, Am-Samir, e seus filhos silenciosos carregaram escada acima dois enormes púlpitos. Livraram-se dos chinelos na porta, seus corpos rígidos momentaneamente oscilando sob o peso, e os deixaram — cada um mais alto que o Pai — no meio do hall. O ângulo em que os púlpitos foram colocados, um virado para o outro, sugeria um debate. Então o porteiro e seus filhos levaram para a sala de jantar todos os móveis do hall. Poltronas foram dispostas de ponta-cabeça sobre a mesa de jantar, e as almofadas, empilhadas embaixo. Eu observava os pés escuros e duros de Am-Samir afundando no tapete. Cada unha dos dedos se curvava para a frente na lã espessa. Cada articulação era coroada por pedrinhas cinzentas de pele, e cada calcanhar parecia a ponta grossa de uma clava. Em que momento, eu me perguntava, os pés dos filhos dele chegariam a essa aparência? Notando que eu o seguia, Am-Samir pousou a mão pesada sobre a minha cabeça e, depois de um segundo de hesitação, se ajoelhou e beijou minha testa. Olhou para o Pai. E o Pai, escolhendo dar a Am-Samir a aprovação que ele pedia, disse "Obrigado". De cabeça baixa, os filhos seguiram Am-Samir até a saída.

A urgência e a dor quase igualavam o Pai, Naima e eu. Juntos, organizamos as cadeiras. E, em um dado momento, o Pai pediu a Naima sua opinião.

— Onde colocamos os púlpitos?

— Na entrada — respondeu ela, envergonhada, e quando ele hesitou, ela prosseguiu: — Esse é o lugar em que se costuma colocá-los, Paxá.

— Talvez no seu bairro — disse ele.

A possibilidade de um sorriso varreu os rostos de ambos.

— Mas é dever das pessoas seguir isso, paxá. Não fui eu quem estabeleceu o costume.

— Basta. Levante — disse ele, e juntos carregaram os púlpitos para onde ela havia sugerido, um de cada lado da entrada.

Dispusemos as 75 cadeiras contra as paredes em silêncio conspirador. Quando terminamos, paramos no meio da sala, e eu desejei que houvesse algo mais para fazer, mas o Pai se evadiu para seu quarto e Naima voltou para a cozinha.

A porta do apartamento estava aberta. O hall começava a parecer uma sala de espera. Sem saber aonde ir, sentei em uma das cadeiras alugadas. Contei as cadeiras, que agora formavam uma corrente. Da primeira vez cheguei a 74. Na segunda tentativa deu 77. Apenas na quarta ou quinta contagem cheguei a 75. Então vi nosso vizinho de porta saindo do elevador. Mostrou-se estarrecido. Como a récita do Corão ainda não estava tocando, ele pode ter pensado que estávamos preparando uma festa. Mas algo em mim deve ter sugerido uma má notícia. Fui até Naima na cozinha, e o homem me seguiu.

— Olá, Ustaz Midhaat.

— O que aconteceu?

— Madame faleceu — disse Naima, e logo em seguida surgiram lágrimas em seus olhos.

Ustaz Midhaat se virou para mim de olhos arregalados. Eu me escondi atrás de Naima.

Alguns minutos depois ele voltou com a família inteira. O Pai surgiu trajando uma djelaba branca. Como ele só usava djelabas para dormir, parecia que tinha acabado de acordar. Sentou-se ao lado do vizinho, sem dizer quase nada, a barba por fazer cobrindo-lhe as faces. Naima serviu-lhes café sem açúcar e me pediu para passar entre eles um prato de amêndoas. Então o Pai acenou para que eu me aproximasse.

— O Corão, ponha o Corão — sussurrou.

*

À tarde chegaram mais vizinhos, pessoas que mal conhecíamos, e à noite o lugar estava repleto de pessoas enlutadas, em silêncio. Eu nunca vira nossa casa tão cheia e ao mesmo tempo tão silenciosa. Um exército de empregados emprestados pelos vizinhos veio ajudar Naima, que os coordenava com uma autoridade recém-descoberta.

Para escapar, peguei o elevador até o terraço do prédio. A cidade se expandia em todas as direções. Zunia e retinia como um motor pela noite. Aqui e ali as ruas se entrelaçavam e formavam nós. Nem mesmo o Nilo abrandava a paisagem. Se pudesse, eu a teria apagado do mapa, limpado-a de uma vez. Nunca antes eu sentira um desejo de violência tão indiferente, nem nunca mais senti novamente. Então notei alguém atrás de mim. Naima, mesmo com seus infinitos deveres, percebera minha ausência.

*

De manhã, os três irmãos de minha mãe — tia Souad, tia Salwa e tio Fadhil — chegaram do nosso país. Eu nunca havia encontrado nenhum deles antes, mas os reconheci pelas fotos. Minhas tias ficavam ressaltando quanto eu era forte, como meus cílios eram incrivelmente longos, e me provocavam pelo sotaque do Cairo, pela minha pele escura. Disseram que, por ser mais escuro que meus pais, eu era na verdade filho do meu bisavô, que, segundo eles, era quase da minha cor. Faziam cócegas nos dedos dos meus pés, me abraçavam quando eu ria, afundavam os rostos no meu pescoço e inspiravam fundo antes de me beijar. De noite faziam turnos deitadas ao meu lado, contando histórias no escuro que geralmente incluíam uma menção às cachoeiras, às romãs ou às palmeiras do nosso país. Se à noite eu ia beber água, uma delas aparecia atrás de mim, perguntando se eu estava bem.

Adocicaram meu nome transformando-o em Abu el-Noor, pronunciando-o sempre que me viam com o olhar perdido. O silêncio, a solidão, o terraço, o indício mais tênue de contemplação as deixavam preocupadas. Se eu me fechava no banheiro por mais tempo do que de costume, ouvia uma de minhas tias sussurrar:

— Abu el-Noor, habibi, está tudo bem?

O Pai deixou crescer a barba, que me surpreendia por estar pesadamente manchada de cinza; ele tinha apenas 39 anos e seus cabelos eram completamente negros.

Uma vez, tio Fadhil o abraçou, falando com solenidade e um pouco de urgência. De tempos em tempos o Pai assentia de forma resignada, seus olhos ainda encarando o chão.

Outra vez, tendo a porta do quarto dele ficado entreaberta, eu o vi encurralado pelas minhas tias.

— Ele é estranhamente distante para um garoto dessa idade — dizia tia Salwa.
— Deixe-nos levá-lo de volta. Ele vai crescer entre os primos — continuou tia Souad.
— Vamos criá-lo como se fosse nosso filho — disse tia Salwa. — Assim, quando o país voltar para nós, ele pode ter um cargo.
Depois de um longo silêncio, o Pai falou:
— Eu não poderia fazer isso com Naima. Ela nunca me perdoaria.

Capítulo 9

Muito tempo antes, quando Naima estava com esquistossomose, o Pai, por insistência da Mãe, me levou para visitá-la. Passamos uma hora percorrendo de carro o estreito labirinto de sua vizinhança. Mas como Abdu, nosso motorista, entusiasmou-se em contar ao Pai, de transporte público o trajeto levava ao menos uma hora e meia.

— Ida e volta dá três horas, Paxá.

O Pai nada disse.

A cada vez que Abdu descia o vidro para pedir orientações, o pedestre se abaixava e olhava para os nossos rostos dentro do carro. Demoramos, mas achamos a rua. Era tão estreita que o carro mal passava.

— Cuidado — disse o Pai em um quase sussurro, segurando-se à alça acima da janela.

— Não se preocupe, Paxá — respondeu Abdu, também em voz muito baixa.

Um esgoto aberto corria pelo meio da rua, passando bem por entre as rodas. O Pai pediu a Abdu que fechasse a janela, mas àquela altura o fedor já invadira o carro. Acima de nós, varais balançavam sob o peso das roupas e velavam a maior parte do céu. De quando em quando Abdu tinha que apertar a buzina, que soava como uma explosão na rua estreita. As pessoas tinham, então, que encontrar uma porta de entrada para se proteger, e mesmo assim era necessário passar muito devagar, roçando seus corpos. Eu observava uma fivela, o detalhe de um tecido, um eventual rosto de criança. Essas pessoas que se recolhiam às laterais paravam e juntavam os braços do lado do corpo. Eu tinha certeza de que, daquele ângulo, elas viam meus joelhos nus sobre o estofado bege de couro.

Naima, os sete irmãos e os pais moravam todos em um apartamento de dois quartos em um prédio na esquina daquela rua. A lateral do prédio, que tinha no total quatro andares, era coberta por uma tinta vermelha descascada em que se repetia a palavra "Coca-Cola". Abdu esperou junto ao carro. As crianças foram na nossa frente pelas escadas, anunciando nossa chegada e de vez em quando parando para olhar para trás, sorrir e cutucar umas às outras antes de voltar a subir. A cada andar havia pequenas sacolas de plástico cheias de lixo, muitas delas furadas ou rasgadas. Moscas do tamanho de abelhas pairavam preguiçosamente em volta.

— Não toque — disse o Pai, e de imediato eu tirei a mão do corrimão.

Preferi apoiá-la na palma de sua mão aberta. Ele só me soltou quando chegamos à porta do apartamento.

O pai de Naima, que era segurança de um museu, nos recebeu de uniforme. Parecia preocupado. A mãe dela chorou quando viu o Pai, depois o marido a mandou ir fazer chá. Quase não havia móveis na sala. Um carpete, do tamanho de um tapete de orações ocupava o centro do piso ladrilhado, como se escondesse uma imperfeição ou uma passagem secreta. Naima estava deitada num colchão a um canto. Eu me sentei ao lado dela. Ela segurou minha mão. Minha pele queimou sob o toque dela. Ela nem sorriu nem chorou, mas cravou os olhos em mim com uma docilidade peculiar, como se eu a nutrisse de alguma maneira.

— Não é nada, na verdade — disse seu pai. — A mãe dela mima a menina. Ela só quer atenção. Não é? — perguntou alto para Naima.

Ela não respondeu.

— Ela vai ficar bem logo logo — disse ele ao Pai, a ansiedade cintilando em seus olhos.

— Deve descansar o tempo que for necessário — respondeu meu pai. — Só viemos lhe desejar melhoras.

A mãe retornou com um prato e o posicionou no tapete: feta esfarelado e tomate fatiado imersos em óleo de algodão de um tom amarelo-urina. Parou por um instante e olhou para Naima e eu.

— Não é verdade, um-Naima? — disse o pai. — Você mima a sua filha.

Ela esperou alguns segundos antes de falar:

— Ela o ama como a um filho — disse, voltada para o Pai.

— Sim — respondeu ele.

Embora Naima não desviasse o olhar do meu rosto, havia percebido esse diálogo. Apertei sua mão. Pensei em dizer alguma coisa. Em vez disso, toquei-lhe a face. Ela segurou minha mão, mantendo-a ali. Pensei que a frieza relativa da minha pele talvez fosse um conforto para ela. Mas então surgiram lágrimas em seus olhos.

— Não, menina, não tenha medo — disse seu pai, com um medo detectável na voz.

E assim, de repente, as lágrimas de Naima desapareceram.

Os pais dela insistiram em que comêssemos. O Pai recusou. Desejei que ele houvesse sido mais hábil em esconder o desgosto em seu rosto. O pai de Naima nos deu fatias de pão. A minha era dura e salpicada de pedrinhas de farinha. A mãe nos serviu um líquido espesso e escuro e, quando perguntei o que era, o pai respondeu "Chá, é claro", e eu percebi que o havia ofendido. Cerca de dois centímetros de folha triturada se assentaram na base do copo. O Pai se ajoelhou, rasgou um pedacinho de sua fatia de pão e o mergulhou no prato solitário colocado no chão.

— Muito obrigado.

Eu me curvei inteiro, sentindo o sangue acumular-se na cabeça, e beijei a testa quente de Naima.

Capítulo 10

Tio Fadhil parecia ter vindo quase exclusivamente para acompanhar as mulheres. Sendo homem, para ele o risco de retaliação por visitar seus parentes "retrógrados, traidores" era maior. Ele era bem estranho e passava a maior parte do tempo sentado, fumando. Sempre que eu me sentava ao lado dele, ele apertava meus braços esquálidos e dizia: "Flexione."

Três dias depois de terem chegado, ele disse às minhas tias que era hora de ir embora.

— Só para as autoridades não pensarem que estamos nos divertindo — disse, o cansaço a frisar suas sobrancelhas.

Naima e eu observamos enquanto Am-Samir e seu filho mais velho, Gamaal, ajeitavam as malas no bagageiro. Acenamos quando o carro partiu e voltamos lá para cima. Quando eu estava no meu quarto, cercado pelo cheiro das minhas tias, chorei.

*

Nosso apartamento batalhou para recobrar seu caráter original. Naima se movia em silêncio, limpando as superfícies indiferentes, preparando nossas tristes refeições. Eu sentia um tremor sempre que ouvia o bater de panelas na cozinha da Mãe. O Pai parecia estranho e nervoso à minha volta. A barba havia sumido, e agora ele passava a maior parte do tempo fora de casa ou recluso no quarto. Naima já não dormia em sua casa, e sim no chão do meu quarto. Havia uma urgência abstrata no ar.

A chegada de Hydar e Taleb, velhos amigos de meu pai, de Paris, nos resgatou. Hydar trouxe a esposa, Nafisa, que falava um pouco mais alto a cada vez que se dirigia a mim.

O Pai cedeu seu quarto para o casal. Quando eles resistiram, ele disse:

— Escutem, podem perguntar ao Nuri, eu mal durmo ali. Prefiro o sofá. De verdade.

Em seguida insistiu em que Taleb ficasse com a minha cama.

Taleb corou, assentindo com a cabeça.

Eu dormi no chão, no lugar de Naima, e ela voltou ao chão da cozinha, onde por um tempo, quando nova, dormia sempre que, no inverno, escurecia cedo; a Mãe se preocupava com ela, pois era uma longa jornada até sua casa.

O Pai saboreou sua nova liberdade. A Mãe não gostava de receber hóspedes, em especial aqueles dois, e essa havia sido uma fonte recorrente de discórdia entre meus pais. Mas agora ele e seus amigos podiam ficar tomando uísque até de madrugada. Eu ouvia Taleb deitando na cama. Acho que, se ele não tentasse tanto, faria menos barulho. Seu hálito logo enchia o quarto com o odor químico do álcool.

*

Eu não podia deixar de sentir que a frieza da Mãe em relação aos velhos amigos parisienses do Pai era de alguma forma parte da inquietude geral que marcava a relação dos meus pais com Paris. Eles quase nunca falavam sobre aquele período. E nas raras ocasiões em que a Mãe chegava a falar a respeito de como eu por acaso nascera lá, sempre começava contando sobre como Naima começara a trabalhar para nós. Eu não entendia por que esse detalhe era importante para a história toda.

Então me contou como ela e o Pai haviam ido ao Cairo expressamente para contratar uma empregada. E como, no trajeto de dois dias de volta ao nosso país, Naima, então com 13 anos, mal conseguia parar de chorar. A cada vez que tentavam voltar, no entanto, ela objetava.

— Num dado momento ela começou a implorar, de modo que continuamos.

Talvez confundindo meu silêncio com uma desaprovação da pouca idade da empregada, a Mãe disse:

— Eu queria alguém jovem, para se acostumar aos nossos jeitos, para que fosse como uma filha.

E então parou, examinou os próprios dedos, e só quando voltou a erguer o olhar eu percebi que lágrimas haviam se acumulado em seus olhos.

Dezoito meses depois que meus pais contrataram Naima, nosso rei foi arrastado até o pátio de seu palácio e morto com um tiro na cabeça. O Pai era um ministro do governo nessa época e, em vez de se arriscar ao destrato, à prisão ou mesmo à morte, decidiu fugir para a França. Naima foi a última a subir no barco, logo depois de meus pais, puxada por Abdu, o motorista. Todos ficaram vendo a costa se afastar, a fumaça subir.

Quando o barco chegou a Marselha, Taleb estava no cais esperando por eles. Se estava sorrindo, aspirando a ponta de um cigarro, se acenou? A Mãe não gostava de falar sobre Taleb.

— Por quê? É uma má pessoa?

— Não, de forma alguma.

Nunca parecia raiva o que ela sentia em relação a ele. Era mais vergonha. E acho que ela pensava em Paris e o tempo passado lá da mesma maneira. Por isso eu estava ávido por perguntar coisas a Taleb, por descobrir o que acontecera depois da chegada deles.

— A pobre Naima mal se aguentava — disse ele. — Tinha passado a viagem toda vomitando. Mas sua mãe estava determinada. Ela não queria ficar em Marselha. Nunca entendi isso. Não quis nem mesmo descansar uma noite ali. Insistiu em ir direto para a estação e pegar o primeiro trem para Paris.

Eu a imaginei marchando à frente e o Pai atrás dela, satisfeito com a teimosia da esposa, satisfeito por alguém saber o que fazer em seguida.

— E como ela estava no trem?

— Quem? Sua mãe? Como a Esfinge. Eu fazia piadas, mas eram obviamente ruins.

— E Naima e Abdu? Voltaram para o Egito?

Nesse instante Taleb me olhou como se de repente me visse de muito longe. Ele pareceu considerar a distância e ponderar se seria uma boa ideia atravessá-la.

— Abdu voltava de tempos em tempos, mas Naima não, claro.

— Onde eles ficaram?

— Em Paris.

Ele parecia ter perdido o interesse pela conversa. Pensei em como poderia trazê-lo de volta.

— Tio Taleb?

— Sim.

— Quanto tempo você morou em Paris?

— Desde a universidade. Tempo demais.

— Você gostava da cidade?

— Que diferença faz? Paris parecia gostar de mim.

— A mamãe e o Baba ficaram com você?

— Não, eu encontrei um apartamento para eles no Marais. Não era o ideal, mas ficava perto do hospital. Um lugar agradável, mas bem abaixo daquilo a que eles estavam acostumados.

— Não um hotel?

— Seis meses é tempo demais para ficar em um hotel. E no fim eles acabaram ficando um ano.

— Sério? — falei. — Sempre pensei que eles haviam ficado lá só alguns meses.

— Você respirou o ar parisiense nos primeiros oito meses de sua vida. Está estragado para sempre.

Eu gostava de Taleb. Diferentemente de Nafisa, sua compaixão não era condescendente. Ele me levava a lugares em que eu nunca estivera. Certo dia, quando o seguia sob os arcos da Mesquita de Ibn Tulun, perguntei:

— Tio Taleb?

— Sim?

— De que minha mãe morreu?

Ele parou e me olhou novamente daquele jeito, mas não disse nada.

*

Uma vez, tarde da noite, ele já na cama e eu no chão, o quarto escuro como um poço e tomado pelo cheiro de uísque, de repente Taleb falou:

— Às vezes é melhor não saber.

Meu coração pulou, mas atribuí isso em parte ao fato de suas palavras terem me tirado do sono.

— Algumas coisas são difíceis de engolir.

Lembrei-me de um cachorro em nossa rua que se engasgara com um osso de galinha. Ofegou, tossiu e por fim deitou-se de lado e se rendeu, olhando para mim.

— Você precisa saber, independentemente de qualquer coisa, que sua mãe era uma mulher de grande humanidade — disse ele, sendo a palavra inteiramente nova para mim. Eu a repeti em minha mente: "humanidade", "humanidade", para poder verificar depois seu significado. — Ela nunca deixou de ser terna com Naima, que era inocente, é claro. No fim, todo mundo é inocente, inclusive seu pai.

Depois de um longo silêncio, justo quando suspeitei que ele tivesse caído no sono, Taleb voltou a falar:

— Você não tem ideia de como ele era naquele tempo, em casa. É difícil, hoje, acreditar que ele é a mesma pessoa e que o mundo é o mesmo mundo. E ele queria alguém que herdasse tudo.

Meus olhos espreitaram violentamente o escuro. Lembrei-me de estar sentado com meus pais em alguma estação no alto dos Alpes cheios de neve. Eu estava atrás deles, suas costas negras contra o abismo branco do vale. O vento era um vento montanhoso. Parava, e depois voltava a soprar, e o cachecol da Mãe indicava esses retornos. Quando falavam, falavam em sussurros.

— É o que você sempre quis — disse ela.

Um longo silêncio se seguiu. Suas cabeças acompanharam um parapente. Então o Pai se virou, apontando com a mão o parapente. Quando viu meus olhos no alvo, inclinou-se para trás na cadeira do deque, a lona esculpindo sua forma.

— Que opção eu tinha? — disse ela.

Ele não respondeu.

*

No dia seguinte, Taleb, Hydar e Nafisa voaram de volta para Paris. E, embora Naima houvesse trocado os lençóis, eu ainda podia sentir o cheiro da cabeça de Taleb em meu travesseiro. Pedi a ela que o trocasse.

— Por quê? — perguntou ela, e pressionou o travesseiro contra o rosto. — Está perfeitamente limpo.

Capítulo 11

Foi um alívio quando as aulas começaram. O Pai pareceu relaxar. Voltou a falar à mesa de jantar. Até começou a especular sobre o que podíamos fazer no verão seguinte. Mas quando as férias de verão chegaram, ele caiu em absoluto silêncio a respeito. Eu não me importei; parecia estranho, de qualquer forma, viajarmos sem a Mãe.

— Não é bom para um menino passar o dia todo em casa — ouvi Naima lhe dizer certa manhã.

Naquela mesma tarde ele me mandou fazer a mala com roupas de verão.

— Estamos indo para Alexandria.

Abdu nos levou na manhã seguinte, e, embora Alexandria ficasse apenas a três horas de distância, por alguma razão o Pai insistiu em que saíssemos às 6 da manhã.

O Magda Marina parecia tedioso e depressivo em comparação com os lugares aonde a Mãe costumava nos levar. Eu não via a hora de aquelas duas semanas terminarem e voltar para o Cairo.

O sentimento não poderia ter sido mais diferente no verão seguinte, o verão em que conheci Mona, quando eu rezava para que cada dia durasse para sempre.

Ela tinha 26 anos, o Pai tinha 41 e eu, 12: 15 anos os separavam, e 14 a separavam de mim. Ele não tinha mais direito a ela do que eu. E o fato de a Mãe ter se casado com ele aos 26 também não me escapava. Era como se o Pai estivesse tentando voltar no tempo.

No início do outono daquele ano, depois de nosso primeiro verão com Mona, ele ordenou a Naima que empacotasse as coisas da Mãe. E quando ela não obedeceu de imediato, ele repetiu a ordem, usando as mesmas palavras e o mesmo tom, que apesar de suave não permitia ser questionado. Assim que ela começou, uma nova qualidade de silêncio caiu sobre o quarto. Ele ficou por perto, fingindo examinar algumas folhas de papel. Eu observava indefeso as caixas de papelão lacradas começarem a se empilhar no hall.

— O que você vai fazer com isso? — perguntei.

Ele não respondeu.

— Você não pode tirá-las daqui — falei.

Ele me olhou, e eu soube que, se tirasse os olhos dele, as coisas da Mãe desapareceriam em um depósito qualquer do apartamento.

Alguns dias depois ele pediu a um marceneiro que construísse um armário em uma das paredes de seu escritório. As coisas da Mãe foram tiradas das caixas e guardadas ali.

Em seguida ele foi a Londres, onde ele e Mona se casaram. Eu não compareci à cerimônia civil, que o Pai me garantiu que seria "um evento pequeno, só com a mãe de Mona e, talvez, outros poucos parentes". A escola, é claro, era o pretexto para que eu não pudesse ir. Mas depois, quando as fotos deles gradualmente substituíram as fotos da Mãe, descobri que naquele dia também estavam presentes Hydar, Nafisa e Taleb, além de outros homens de aparência árabe, provavelmente exilados do nosso país, com suas mulheres e filhos ao lado.

De início o Pai não disse nada quando me viu espiando as fotografias. Depois veio ao meu quarto.

— Aquelas pessoas que você viu nas fotos: elas estavam em Londres por acaso. — E em seguida voltou. — E o que há de ruim em se ter alguns amigos presentes num dia feliz?

*

Eu havia ido com Abdu buscá-los no Aeroporto Internacional do Cairo. No caminho, Abdu parou em uma floricultura.

— Paxá Nuri, acho que seria muito gentil de sua parte levar flores. Seu pai iria gostar.

Pensei em que desculpa eu poderia dar. E, para compensar a hesitação, comprei um buquê enorme que mal cabia no porta-malas. Abdu foi carregando-o atrás de mim pelo saguão de desembarque. O cheiro de jasmins, lírios laranjas e rosas competia pelo espaço. Então apareceram Mona e meu pai. Atrás de seus corpos juntos havia dois homens, cada um com um carrinho cheio de malas.

Ela passou a morar conosco, no apartamento do bairro de Zamalek que a Mãe escolhera por oferecer uma vista íntima do Nilo. Durante aqueles primeiros dias, eu quase esqueci o tempo que havíamos passado no Magda Marina. A cada manhã o Pai ia de carro a algum compromisso ou reunião e Abdu me levava para a escola. Mona, mais confortável no mundo do que a Mãe jamais se sentira, passava a maior parte do tempo no Clube Gezira, onde jogava polo e tênis e tomava chá com pessoas a quem o Pai e eu nunca fomos apresentados. Ela tinha aquela característica inglesa de separar os conhecidos em compartimentos, como se temesse que uns contaminassem os outros. Em pouco tempo já formara um amplo círculo de amigos. Em algum momento seria necessário ressentir-se.

*

Mas então, em novembro, sob o pretexto de comemorarmos meu aniversário de 13 anos, pegamos um barco no Nilo até Luxor, e o fogo se reacendeu. A mesma fome triste, apenas mais obscura e mais difícil de suportar.

O barco se movia em silêncio. Eu podia ver pela janelinha da minha cabine as águas se cindindo atrás de nós, as ondas discretas se ampliando como pele pressionada, ganhando ritmo e então colapsando suavemente contra as macias margens do rio cobertas de grama. Foi nossa primeira manhã a bordo do *Ísis*, o clamoroso Cairo ficando para trás. O rio gordo da capital transformara-se em um canal provincial. Suas margens se fechavam sobre nós e por isso pareciam, de alguma forma, mais reticentes. Viajávamos corrente acima, em direção ao sul do continente. A pele dos garotos que ocasionalmente nos acompanhavam em terra correndo à mesma velocidade do barco — acenando, mostrando a língua ou mesmo o traseiro — já era um pouco mais escura, escura como a de Naima. Mais quatro dias e chegaríamos às águas pálidas de Luxor, onde, segundo nos dissera o capitão quando embarcáramos, as águas eram tão claras que dava para ver o fundo do antiquíssimo rio. Vamos ver joias e ruínas e coisas lá embaixo?, era o que eu havia cogitado perguntar. Mas de onde eu estava, no estreito deque laqueado, atrás de Mona e do Pai e de suas malas gigantes, falar parecia impossível.

Naquela noite não consegui dormir. O movimento fluido do barco e as vozes alegres e abafadas da cabine ao lado me mantiveram acordado a maior parte da noite. Os recém-casados só adormeceram quando a superfície da água já se fizera prateada: rindo, calando um ao outro, depois fazendo um silêncio com a respiração contida, depois explodindo em riso. A certa altura, delirante de exaustão e ciúme, pensei: Estão fazendo de propósito; querem me atormentar.

Agora que estávamos mais ao sul, o sol se tornara mais forte. Deitado e descoberto, eu não me sentia pronto para a manhã, que se adensava de calor. Minha camiseta e meu short estavam colados na pele, o maxilar frouxo contra o travesseiro, quando Mona entrou sem bater. Mantive os olhos fechados, mas ela não se deixou enganar.

— Tentei de tudo. Já passa das 9 e ele ainda não quer acordar.

Ela entrou no banheiro, deixando a porta aberta. Sem precisar me mexer, eu podia ver parte de sua coxa. Ouvi o som de sua urina derramando-se na água — mais um pequeno fio do que uma fonte — e em seguida o ruído do papel. Ela lavou as mãos, molhou o rosto, arfando ao contato com a água fria. Sentou-se na cama. Eu me virei e encarei a parede de madeira, lendo suas linhas e curvas. Ela pôs a mão nas minhas costas.

Capítulo 12

O que eu tomara por adoração era o gosto de Mona em ser adorada. Imagino que ela achasse o tormento e a lenta descoberta de um admirador juvenil a um só tempo divertida, lisonjeira e patética. Penso isso agora ao rememorar o que aconteceu em seguida.

Nós três nos revezávamos em mergulhar no rio corrente e depois nadar rápido para alcançar de novo o barco. Os outros dois torciam enquanto o terceiro, na água, tentava alcançar a escada. O ritmo do barco era suave, mas nossa agitação simulava um perigo. A cada vez que o mergulhador chegava ao primeiro degrau, os outros dois aplaudiam. Mona punha o polegar e o indicador na boca e assobiava alto. Eu queria saber fazer aquilo. Desde então vejo as pessoas que conseguem fazê-lo como uma espécie de elite. Em um dado momento o Pai a levantou nos braços e a beijou. Nós estávamos encenando um espetáculo. Os passageiros, vestidos, ficavam encostados no parapeito, assistindo. Aplaudiam quando subíamos de volta ao deque. As crianças me olhavam. Era uma performance, e nós sabíamos. O fato de sermos estranhos nos fazia querer atuar mais, e saboreávamos as indagações que imaginávamos que nossas aparências e sotaques, nossas línguas que passavam confortavelmente do árabe ao inglês e ao francês, provocavam nos outros.

— *Ça, c'était vraiment refraîchissant* — o Pai falou alto no deque.

E, sabendo bem seu propósito, eu respondi:

— *Ah, oui, c'était superbe.*

'يجب أن نتذكر دائما أن الحياة للأحياء، يابني.'

O Pai atirou-se em uma espreguiçadeira, o peito ofegante pelo esforço, e eu observei a madeira escura embaixo dele escurecer ainda mais. O capitão estava por perto, olhando-o. Era comum o Pai produzir nos homens esse tipo de admiração. Os dois começaram a conversar daquele jeito que os homens fazem quando o silêncio é insuportável.

Mona e eu fomos para nossos respectivos quartos. Ela ia à minha frente, pérolas d'água grudadas à parte mais fina de suas costas, e quando entramos no corredor estreito pontilhado de portas numeradas, sua pele pareceu luminosa e verde, da cor de um jade polido, até que meus olhos se adaptaram à luz elétrica. Este é um momento precioso, pensei; logo vai passar, e eu serei obrigado a me sentar com eles enquanto eles tomam seus drinques — o que faziam todo dia antes do jantar.

— Vejo você no deque — disse ela, sorridente, destrancando a porta de seu quarto.

O que faz esses lábios brilharem, me perguntei, e por que seu sangue os inunda desse jeito?

Entrei em meu quarto com a intenção de tomar banho, mas quando percebi que não tinha xampu fui procurá-la. Ela já estava no chuveiro. Lembrei-me da excitação que eu sentira quando a espiara em seu quarto aquela primeira vez no Magda Marina. Como era mágico que eu me encontrasse de novo na mesma situação. Fiquei parado junto à penteadeira, olhando seus frascos e suas joias. Peguei o colar e, uma por uma, fui deixando as pérolas caírem na concha da minha mão. Levei-as ao nariz. O cheiro dela abriu espaço na dor do meu peito. Enterrei o rosto no cachecol de seda e senti que minha sede aumentava. Esses eram os objetos que a continham. Quando ouvi que o chuveiro parava, meu coração se acelerou e eu pensei que tinha de sair antes que ela me visse. Devolvi os objetos, cada um a seu lugar. As pérolas fizeram o ruído suave de peças de dominó caindo.

— Querido — disse ela —, nunca pensei que nadar em um rio pudesse ser tão divertido.

Era curioso ser confundido com meu pai. Não havia nada confidencial no que ela dizia, mas o tom me surpreendeu. Como parecia insondável.

— Nunca vou me esquecer de você ali — continuou ela. — Aqueles mergulhos fantásticos. Seu peito.

Depois de um curto silêncio em que eu não sabia se falava ou escapava, ela apareceu apenas com uma toalha enrolada na cintura. A visão de seus seios nus fez com que eu me virasse.

— Preciso de um pouco de xampu.

— Você não precisa olhar para a parede; tenho idade para ser sua mãe.

Ela estava sentada ao pé da cama, empunhando uma escova. Seus seios eram mais pálidos do que o resto do corpo e pareciam intensificar o rosa de suas faces. Ela deixou a escova de lado e me deu as costas.

— Penteie meus cabelos.

Eu me ajoelhei sobre a cama.

Quando comecei a escovar, ela disse:

— Não, comece pela parte de baixo.

Eu penteava em silêncio, e me demorava na tarefa sempre que a escova encontrava um nó.

— Não é verdade — falei, e, como se soubesse o que eu queria dizer, ela não respondeu. — Você não tem idade para ser minha mãe. Você tinha só 14 anos quando eu nasci.

E de novo ela calou, mas desta vez era um silêncio sagaz e defensivo, semelhante à cortina que um médico estende antes de vir nos examinar.

Então o Pai entrou no quarto. Rapidamente fechou a porta atrás de si e por um momento ficou nos observando. Eu senti uma comichão queimando minha pele e não ousei olhá-lo nos olhos. Concentrei-me nos cabelos dela, escovando com diligência, como se fosse uma lição de casa. Sem uma palavra ele entrou no banheiro e fechou a porta. Pensei em lhe pedir o xampu; pensei que isso explicaria por que eu estava ali. Mas continuei penteando. Ele abriu o chuveiro. Eu observei as costas dela, até o ponto em que a toalha a envolvia, apertando e afrouxando a cada respiração. E embora eu já houvesse desfeito todos os nós e a escova passasse com toda a suavidade agora, ela não me pediu para parar. Quando ouvi o Pai fechar a água, entreguei a ela a escova e saí.

De volta ao meu quarto, encostei a orelha contra a parede. Eu não conseguia distinguir as palavras. O Pai falava em seu tom distante, inflexível, um longo silêncio a separar cada frase.

*

Pelo resto da viagem, o Pai só falou comigo quando Mona estava presente. Sempre que estávamos sozinhos, ele olhava o vazio ou pegava um livro. Mas alguns meses depois que voltamos ao Cairo, quando a primavera já se instalava, ele me chamou ao seu escritório.

— Feche a porta.

Sentei-me diante dele.

— O que acha de ir estudar na Inglaterra?

Dei de ombros.

— Você se lembra de Londres?

Eu não disse nada.

— Você gostou de Londres. Vai gostar da Inglaterra. E a esta altura seu inglês já é bastante bom. Tanto Mona quanto eu achamos que é uma ideia muito boa.

Eu não toleraria chorar na frente dele.

— É só isso? — perguntei, e limpei a garganta para que isso explicasse a voz embargada.

E foi com tal eficiência impiedosa que o Pai me tirou de seu caminho. A decisão havia sido tomada: ele já me matriculara em Daleswick, um colégio interno no norte da Inglaterra, e eu não podia fazer nada a respeito. Aparentemente, Mona escolhera o colégio.

— Um dos mais antigos, não? Reis estudaram lá, não é? — disse ele aquela noite durante o jantar, olhando para Mona.

— É com certeza um dos melhores — ela confirmou, o rosto endurecido com aquele ar sombrio e orgulhoso que os ingleses têm sempre que ouvem um elogio a alguma de suas instituições.

Mas eu não me deixaria enganar; me recusava a ficar impressionado.

— A mamãe... — falei, a palavra parecendo quebrar a desatenção de meu pai. — Ela sempre me disse que você fez questão de voltarmos para o Cairo para que eu crescesse num país árabe. — Mas então, em voz mais alta do que eu pretendia, acrescentei: — O que aconteceu?

E corri para o meu quarto, onde tive que esperar um longo tempo, até que eles terminassem de comer e a mesa fosse tirada, para que Naima viesse.

*

A mala estava aberta no chão; ao lado, Naima, sentada pernas cruzadas. Cada roupa que eu lhe entregava, ela dobrava no colo e encaixava com suavidade em seu lugar. Assim como eu, ela parecia padecer de silêncio. Mona era a única a falar.

— Não é empolgante? Você vai fazer um monte de amigos, pessoas que vão estar com você o resto da sua vida.

Então, do nada, ela pediu a Naima que fosse fazer chá. E, quando estávamos a sós, segurou meu pulso e me pediu que olhasse nos olhos dela.

— Acredite, se dependesse de mim, eu preferia que você ficasse aqui. É o seu pai; ele quer que você cresça rápido. Mas eu sei, pela coragem com que está encarando isso tudo, que você não é mais um menino.

Capítulo 13

Uma semana antes da data em que começariam as aulas em Daleswick, nós três fomos a Londres. Minha garganta se apertou quando nos aproximamos do Aeroporto do Cairo, pela manhã. Por que todas as coisas horríveis têm que acontecer de manhã cedo?, eu me perguntava. Eles me tratavam com o tipo de suavidade forçada que se dedica a alguém de luto. Não permitiam que eu carregasse minha mala, e se meus olhos caíam em um artigo de revista qualquer, o Pai comentava o assunto.

Ficamos algumas noites no Claridge's, em Londres, antes de ir para a cidade em que ficava a escola. Sabendo quanto eu gostava de serviço de quarto, na noite em que chegamos o Pai ligou para o meu quarto justo quando eu estava adormecendo e insistiu em que pedíssemos um chocolate quente. Passamos a maior parte do tempo caminhando pelo West End. Toda vez que os dois entravam em alguma loja, eu esperava do lado de fora. Vagávamos por galerias, entrávamos e saíamos de museus. Fomos à National Gallery, onde paramos em frente ao *Calais Pier*, de Turner, quando, em uma rara expressão de compaixão, o Pai mencionou minha mãe. Sem ter o hábito de ficar em frente a uma obra por mais de uns poucos segundos, Mona já avançara para a sala seguinte. Eu ainda estava assimilando o quadro — os redemoinhos espumosos das ondas, os barcos inclinados cheios de gente, as velas grávidas, as nuvens se amontoando como abutres, a excitação de tudo aquilo — quando o Pai disse, suavemente, quase distraído:

— Sua mãe teria gostado deste quadro.

Então ele passou ao quadro seguinte, outro Turner. Eu estava estupefato com o que ele dissera. A raiva veio súbita. Não fosse por sua velocidade surpreendente e desconcertante, eu poderia tê-la expressado mais diretamente. Onde eu falhara repetidas vezes, um velho quadro se saía bem. Era como se meu pai nem estivesse falando comigo. Era tão raro ele falar sobre minha mãe daquele jeito! Eu não sabia o que dizer. Queria lhe perguntar tantas coisas sobre ela, em especial sobre como ela era antes de eu nascer. E senti que uma janela se abrira, que o Pai estava inconscientemente me dando permissão para vislumbrar uma parte dela, ainda que apenas por um instante. Fingi passar também ao quadro seguinte e parei ao lado dele.

— Baba, baba — repeti, até ouvi-lo grunhir. — Por que aquele quadro?

— Ela gostava do pintor. — Curvou-se para ler o texto. — Turner. Ela gostava muito deste tal de Turner. Não sei o que tinha nele. — E então pôs o braço nas minhas costas, sorrindo, indicando o início de uma coleção particular. — Uma vez, quando estávamos em um navio em algum lugar...

— Onde?

Percebi que eu tinha falado mais alto do que deveria, ainda mais estando em um museu onde as pessoas, por razões que nunca entendi, ficam tão silenciosas quanto num funeral.

Ele olhou em volta. Eu me perguntei se o teria incomodado, se ele nunca terminaria a história, se meu entusiasmo provocaria mais um longo silêncio.

— Ísquia — ele sussurrou enfim.
— Parece um espirro — falei.
— É uma ilha. Na Itália. O mar Tirreno estava alto. Águas revoltas. Ela começou a tremer. "Você está bem?", perguntei. Ela fez que sim com a cabeça, ainda olhando para o outro lado, pela janela. As ondas batiam contra o vidro. Então eu a ouvi sussurrar: "Que bonito." Um coração forte, sua mãe tinha. — Ele soltou um pequeno riso e me olhou. — Um coração forte.

*

Não lembro agora por que eles não me acompanharam o caminho todo até a nova escola, e muitas vezes me perguntei se não teria sido porque o Pai não conseguiria suportar me abandonar lá, porque sua força acabava em me ver partir na estação St. Pancras.

Do lado de dentro do vagão, a janelinha abaixada, eu segurava forte a nota de 20 libras que meu pai acabara de me dar para pegar um táxi.

— O professor responsável, o Sr. Galebraith, vai estar esperando na plataforma — disse ele, olhando para cima para me fitar. — Mas, caso você não o encontre, há um ponto de táxi bem na rua da frente.

— Não se preocupe — Mona lhe disse. — Nuri é responsável.

Nesse instante soou o apito do condutor.

O Pai me testou uma última vez, pedindo que eu recitasse o endereço da escola.

O trem se pôs em movimento, capitulando seu triste peso.

— Ligue assim que chegar — disse ele mais uma vez.

Mona acenou energicamente. Ele ficou parado, o rosto solene. Em seguida — devem ter pensado que eu já não podia vê-los —, ela o fitou e ele desviou o olhar.

*

Vendo-me em dificuldade para descer do trem com a mala, o Sr. Galebraith veio até mim. Sorriu quando nos apertamos as mãos. Esquecendo que era mais um costume árabe, tentei empregar também a mão esquerda, que, no entanto, foi pousar não na mão que eu apertava e sim no braço, na manga ouriçada de seu paletó de tweed.

— Seu pai pediu que ligássemos assim que você chegasse — disse ele, conduzindo-me a uma cabine telefônica.

— Sim, Sr. el-Alfi, ele está aqui, são e salvo.

Mas o Pai queria ouvir minha voz, ou foi assim que o Sr. Galebraith explicou:

— Ele quer ouvir sua voz.

E me entregou o fone, já levemente aquecido por sua orelha. Eu podia sentir o hálito dele: um cheiro agudo e metálico. Podia ser o hálito dos que usaram o telefone antes dele, mas por alguma razão isso me fez sentir que havia algo de frio e duro no Sr. Galebraith.

*

Duas semanas depois, sem qualquer aviso, eles apareceram. O inspetor entrou na sala durante a aula de matemática.

— El-Alfi, você tem visita.

Todos em Daleswick, mesmo os alunos, chamavam-se pelo sobrenome.

— Uuh — arrulharam os garotos.

— Melhor trazer suas coisas — disse o inspetor.

Recolhi meus livros, o tempo inteiro enrubescido, me sentindo envergonhado de estar recebendo "visitas" tão pouco tempo depois de chegar.

Fui encontrá-los parados ao lado do carro alugado. Mona abriu os braços. O Pai apertou minha mão, mas depois me puxou num abraço pouco à vontade, me beijando no rosto com força demais.

Eu lhes mostrei o lugar, levei-os à casa onde havia me instalado, e subimos até o meu quarto. O Pai ficou parado, ainda de casaco, entre as duas camas estreitas que ficavam de cada lado da janela quadrada, sua cabeça quase batendo nas vigas do teto inclinado. As tábuas do chão pareciam ranger mais alto sob seus sapatos polidos de couro. Seus olhos pousaram no despertador que ele me dera.

— Esta é a sua cama? — perguntou, e afundou a mão no colchão. As molas fizeram um barulho horrível. — Qualidade muito ruim — sussurrou ele para Mona.

— Essas escolas são assim — disse ela, na defensiva.

— Mesmo tão caras?

Eu fingi que não havia ouvido esse diálogo. O quarto me constrangia; você quer que as pessoas que ama desejem os seus lugares. Mas, enquanto o seguia para fora do quarto, Mona olhou para trás e piscou para mim. Eu corri para a frente deles e continuei o tour. Contei dos rituais do lugar, e nesse momento me senti bem quando algumas pessoas me cumprimentaram pelo sobrenome.

— Aqui são os chuveiros. E é aqui que, nos fins de semana, eu faço o café da manhã.

— Você aprendeu a cozinhar? — perguntou o Pai.

— Sim. Meu colega de quarto, Alexei, me ensinou a fazer omelete — falei, torcendo para que não encontrássemos Alexei, pois ele era a única pessoa no mundo a quem eu confidenciara meus sentimentos em relação a Mona.

Quando terminei de lhes mostrar o espaço, eu só queria que eles fossem embora. E quando nos sentamos para almoçar na atmosfera almiscarada de um pub em um vilarejo próximo, desejei impaciente que a refeição terminasse logo. Tê-los ali era um lugar nenhum: nem a casa de que sentia saudades, nem a escola que eu temia.

Quando estavam indo embora, entreouvi Mona dizer:

— Viu, eu não disse? Ele já se acostumou.

Ele assentiu antes que ela terminasse a frase.

Só então percebi que eu havia mostrado entusiasmo demais em relação àquele lugar.

Capítulo 14

Dava para notar que o Pai sentia minha falta, que ao me colocar em um colégio interno ele havia contrariado o próprio coração. Mas minhas saudades, que cresciam mais a cada dia, se concentravam sobretudo em Mona. Ela ocupava inteiramente meus pensamentos. Estranho pensar isso agora que toda a minha esperança e todo o meu anseio se dirigem ao meu pai desaparecido. O coração sempre frustra a si mesmo ou será infiel por natureza?

Tive que me reprimir em escrever para ela com muita frequência, principalmente porque ela raramente respondia, e, quando o fazia, nunca era com a prontidão ou do jeito que eu me permitira esperar. Algumas pessoas conseguem escapar da obrigação que uma carta sincera lhes coloca. Mona era uma dessas. E ela nunca me deu motivo para pensar que apreciava minhas cartas; nunca as mencionava. Talvez fosse essa a sabedoria dela, se é que sabedoria é a palavra certa — outra seria impiedade. Ela devia saber que mais cedo ou mais tarde eu desistiria. Quando chegava a escrever, ela apenas rabiscava alguma coisa no verso de um dos inúmeros cartões-postais que comprava em lojinhas de museus. Era sempre algo rápido e irrefletido — "Muitas felicidades" ou "Fique bem" —, mas eu tentava ler significados profundos nessas platitudes. Normalmente incluía uma pétala de camélia ou lótus, ou de uma rosa egípcia comum, a fragrância ainda detectável. Eu lia esses gestos silenciosos como expressões involuntárias do desejo dela. A incongruência entre esses fragmentos prensados e os cartões escritos apressados me assombrava.

As cartas que eu mandava eram interminavelmente editadas e ponderadas, e quase sempre longas demais. Eu guardava uma cópia do rascunho final. Assim que largava o envelope na caixa de correio da escola, essa cópia se tornava mais valiosa, já que era um registro do que ela teria em breve nas mãos. Eu a relia, encontrando mais excessos.

Era novembro. Meu aniversário de 14 anos rapidamente se aproximava. Pensei que agora eu com certeza receberia uma resposta adequada às minhas cartas. Na manhã desse dia, olhei-me no espelho e concluí que eu era mais alto do que ela. Corri até o meu escaninho e o encontrei vazio. Eu estava longe do Cairo fazia nove semanas — 61 dias, para ser exato. As marcas de sol das sandálias de verão já haviam desvanecido dos meus pés. Fazia tanto frio que quase todas as manhãs eu tinha que usar dois pares de meias, e ainda assim ao fim do dia os dedos dos meus pés eram bolas de gelo entre as minhas mãos.

Será que o Pai e Mona tinham se esquecido?

Odiei todo mundo em Daleswick naquela manhã. Eu não contara a ninguém, nem mesmo a Alexei, que era meu aniversário.

Antes da aula matinal, corri até a recepção.

— Não, Sr. el-Alfi, ninguém ligou para você — disse o inspetor.

Mas então, antes de dar 10 horas, ele abriu a porta da sala de aula e disse ao professor:

— Perdoe a interrupção, senhor, mas el-Alfi está sendo solicitado na recepção.

E quem fui encontrar parado no hall, envolto em um casaco e um cachecol, foi o Pai, sorrindo. Quase chorei, mas então lembrei o que a Mãe havia me dito, sobre ter que ser cuidadoso com a minha tristeza. Esperava que Mona estivesse lá fora, parada na entrada de cascalho de braços abertos. E, quando não a vi lá, pensei que talvez estivesse no carro. Mas ela estava em casa, no apartamento de terceiro andar da rua Fairouz em Zamalek.

O Pai conseguira convencer o teimoso Sr. Galebraith a me deixar faltar às aulas por ser meu aniversário. Mona tinha razão: ele podia convencer qualquer um a fazer qualquer coisa. Até me permitiram escapar da hora de estudo noturna, de forma que fiquei isento de entregar a lição no dia seguinte. Eu só precisava voltar antes do apagar das luzes. Era ótimo estar sentado no estofado macio e quente de couro todo o trajeto até Londres, em vez de estar naquela cadeira dura de madeira em frente ao quadro-negro. Enquanto nos afastávamos, torci para que, por algum milagre, eu nunca mais tivesse que voltar àquele lugar frio. O Pai me deixou escolher a música.

— Vim de Genebra só para passar o dia com você — disse ele de repente, e eu me perguntei se ele teria detectado minha decepção pela ausência de Mona.

Caminhamos pelo Green Park. A sombra entre as árvores era densa e reservada. Era um desses dias ingleses suspensos entre as estações: o ar temperado ainda vivo à espera do inverno vindouro. De quando em quando dava para ouvir o gemido distante de um motor seguindo pela Piccadilly. De resto, a cidade estava estranhamente quieta. Começou a chover fraquinho. Depois de alguns passos, o Pai abriu o guarda-chuva, cobrindo nós dois. Eu queria tudo que havia de bom no mundo para ele: queria que se realizassem todos os seus sonhos, todos os seus planos secretos. De repente me vi satisfeito por Mona ser dele. Sobre mim caiu um estranho contentamento com a ordem das coisas.

Chegamos à rua South Molton. Passamos pela Browns, que era a loja favorita da Mãe em Londres. Na vitrine vislumbrei um casaco.

— Mona iria gostar desse — falei, e o Pai soltou um breve murmúrio.

Entrei na loja, e ele me acompanhou.

Era um casaco de pele com uma gola vistosa. Eu podia vê-la naquele casaco, os cabelos presos no alto como lhe era característico, tal qual uma atriz de filmes antigos.

— Você devia comprar para ela.

Os olhos do Pai saltaram quando ele viu a etiqueta com o preço, e em inglês ele disse:

— É horrendamente caro.

Suspeitei que o comentário se dirigisse mais à vendedora que pairava ali perto.

— Extremamente caro — repetiu ele.

— Bem — retruquei, também em inglês, soando como o garoto de 14 anos que eu era —, então você tem que comprar, porque a mamãe Mona é horrendamente e extremamente bonita.

Chamei-a de mamãe Mona porque sabia que isso lhe agradaria.

Isso o fez rir, e ele levou o casaco ao caixa.

Perguntei a mim mesmo se ele iria mencionar que havia sido eu quem vira o casaco, ou se citaria a ela o que eu dissera. Vendo a mulher dobrar o papel de seda em volta da pele escura da peça, presumi que provavelmente ele não contaria, porque quando alguém compra um presente costuma querer que o outro pense que a ideia foi toda sua.

Comemos no restaurante favorito de Mona, Clarisse's. Escolhi esse porque sabia que ela o escolheria. Ela achava que ali havia o melhor fondue de queijo de Londres, embora tenha concordado comigo quando eu disse que não chegava nem perto do Café du Soleil, um restaurante da Suíça de que ambos gostávamos, mas aonde ainda não havíamos ido juntos. Eu, é claro, pedi o fondue. O Pai pediu um bife grande que sangrava a cada vez que ele afundava a faca na carne grossa.

Em um dado instante, quando eu voltava do banheiro, observei-o do outro lado do restaurante. À distância, ele parecia um homem completamente diferente. Toda a confiança sumia. Ele estava apoiado à mesa sobre os cotovelos, sacudindo uma perna. Quando voltei a me sentar à sua frente, ele me olhou por um momento antes de falar:

— Você costuma fazer isso?
— O quê?
— O que você acaba de fazer: costuma deixar a comida esperando e ir ao banheiro?
— Não sei.

Ele se debruçou por cima da mesa e, quase num sussurro, falou rápido:

— De agora em diante, nunca faça isso. E não frequente os mesmos lugares. Não deixe que saibam seus movimentos.

Contemplei seu rosto: os olhos muito abertos, a ansiedade crivando seus lábios. Parecia uma criança que acabava de ver um fantasma.

— Entendeu? — perguntou quando eu não respondi.
Eu assenti.
— Entendi.
— Bom — ele disse. — Bom.

Depois que terminamos de comer pedi sorvete, e ele, um café. Quando chegou, ele acendeu um cigarro, jogando fumaça na minha direção. Parecia estar em algum outro lugar em seus pensamentos. Agora, com aquela proximidade, eu podia ver o que ela via nele. Suas roupas elegantes e feitas sob medida, suas unhas perfeitamente bem-cuidadas, aquele ar de desafio nos olhos. Um homem que seguia sua própria lei. E eu queria ser ele. Eu queria ter acreditado e até servido uma monarquia constitucional. Queria odiar, com a mesma paixão, o que ele costumava chamar de "aquela impertinência infantil que quer se fingir de revolução", para de repente reemergir, com todo o meu refinamento intacto, como um marxista, "porque cada era pede a sua própria solução". Eu, também, queria encontros secretos em Genebra, aliados em Paris com os quais eu vira marchar a história e trabalhara para mudar seu curso. Sentado no Clarisse's, eu desejava parecer um estranho para ele.

— Ansioso pelas férias? — perguntou ele.

Assenti com a cabeça, porque minha boca estava cheia.

— Vamos nos encontrar em Montreux. É provável que vocês dois cheguem antes de mim. Posso demorar um ou dois dias. Mas então poderemos ir nós três para as montanhas.

Eu não tinha nenhuma vontade de esquiar. Só pensava em ficar sozinho com ela.

— O que você acha? O Montreux Palace é um bom lugar, não é?

Não era seu hábito me consultar sobre essas coisas. O Montreux Palace era onde sempre ficávamos. O que ele realmente estava perguntando era se eu achava que Mona gostaria do lugar.

— Sim, acho que Mona gostaria bastante.

Ele pareceu aliviado.

— É, acho que sim. É muito bonito. Vou ligar para Hass e reservar os quartos.

Hass era o advogado suíço do Pai, e também seu velho confidente, e, embora morasse em Genebra, era ele que costumava arranjar nossas férias. Mesmo quando a Mãe estava viva, era o escritório de Hass que cuidava dessas coisas.

— Talvez possamos ficar lá a semana inteira — continuou ele. — O que você acha? Ou seria muito tedioso?

— Mas eu vou ter quase quatro semanas livre.

— Eu sei — ele disse, e deu um gole lento no café. — Você vai passar o resto do tempo no Cairo. Eu vou levá-la a Paris por alguns dias antes de voltar para casa para ficar com você.

Era isso que ele vinha evitando, sabendo que desvirtuava tudo o que fora dito antes: eu o imaginei ponderando a estratégia no carro, na loja e até enquanto caminhávamos pelo parque.

— Mona nunca foi a Paris. E já é tempo de ela conhecer direito Taleb e Hydar. Você vai ter que voltar para o Cairo porque Naima sente sua falta. Eu nunca contei isso a você, mas eu a vi chorando mais de uma vez.

*

Ele me deixou no colégio, na casa em que eu dormia, e me deu um pacote da parte de Mona. Fiquei parado vendo o carro dar a volta e acelerar colina acima entre as árvores. Eu podia seguir os faróis na escuridão mesmo quando o carro já avançara no bosque: a luz tremeluzindo como um fogo prestes a se apagar.

Virei-me para entrar, a cabeça pesada com todas as discussões que eu não travara com ele. Rasguei o embrulho enquanto subia para o meu quarto. Eram pijamas feitos por Hasan al-Eskandarani, o alfaiate do Cairo que fazia todos os nossos pijamas, lençóis e toalhas. Imaginei-a entrando na loja dele e escolhendo o tecido, discutindo o corte. Se bem que, até onde eu sabia, ela podia ter telefonado e feito o pedido no último minuto. Estava quase na hora do apagar das luzes, e vários garotos já se enfileiravam na frente dos banheiros com suas escovas de dente às mãos, já com pasta.

Alexei estava em sua cama, mas cheio de perguntas:

— É verdade que hoje é seu aniversário? Por que não me contou? Aquele cara indo embora era seu pai? Aonde vocês foram? Por que não nos apresentou?

Eram quase 22h30, e eu podia ouvir os passos pesados do Sr. Galebraith percorrendo o longo corredor. Vesti meu velho pijama e me meti rápido na cama. Eu não via a hora de escrever outra carta para Mona, mas então o Sr. Galebraith enfiou a cabeça pela porta e disse o que dizia toda noite:

— Boa noite, meninas.

E apagou a luz.

Capítulo 15

Aquela noite eu acusei o mesmo Deus a quem inumeráveis vezes agradecera por ela: Você deveria ter nos feito da mesma idade. Então meus pensamentos se voltaram para a Mãe, e eu entrei em pânico porque não conseguia lembrar onde tinha guardado a foto dela. Antes do Pai se casar de novo, eu costumava mantê-la sempre no bolso.

— O que você está procurando? — sussurrou Alexei.

— Nada. Volte a dormir.

Mas eu podia vê-lo à luz negra, sentando-se. Só voltou a se deitar depois que eu retornei à minha cama. Puxei o cobertor e voltei as costas para ele. Quando as lágrimas vieram, tentei não fazer barulho, mas a sucessão de respirações mais profundas me entregou. Ele não disse nada. Fiquei aliviado e chorei abertamente até que a dor passasse. Só depois de um longo silêncio ele falou:

— Sabe o que é o melhor de fazer 14 anos?

Alexei era um ano mais velho, e eu não estava no espírito de ouvir conselhos.

— Sonhos molhados. Tive o meu primeiro no ano passado. É fantástico. Não sei se as meninas têm. Imagino que não. Você vê a mulher dos seus sonhos, a mulher com quem vai se casar um dia. Isso foi o que meu pai me disse, e é verdade.

Não consegui dormir depois disso. E muito depois de Alexei parar de falar, tive que acordá-lo para pedir emprestada sua lanterna em forma de caneta, que ele e eu chamávamos de a caneta de James Bond, para que eu pudesse escrever minha carta embaixo das cobertas. Eu tinha que tomar cuidado porque àquela hora o Sr. Galebraith costumava levar seu cachorro, Jackson, para passear nos campos em volta da casa.

Eu sentia tanta falta dela que tive que parar de escrever e guardar a dor que eu sentia por ela em meu peito. Fechei os olhos e tentei ver os dela, ouvir sua voz, sentir o cheiro daquele ponto no pescoço dela que ela dissera ser meu e só meu. E foi assim que adormeci.

*

Às 6h40 eu já estava perfeitamente vestido em meu uniforme, mas ainda debaixo das cobertas, em uma segunda tentativa de escrever aquela carta. Parecia ainda mais frio agora que era manhã. O céu azul, se estava lá, estava por inteiro oculto atrás de nuvens pesadas. As árvores eram negras e sem folhas. Quando ela fora à escola com o Pai, duas semanas depois de eu ter começado ali, comentara quanto amava o interior da Inglaterra, quão romântico ela achava o inverno, quanto sentia falta daquele país. E quando eu disse que era triste, ela disse que era exatamente essa tristeza o que tornava a coisa toda romântica, e me mandou ler *O morro dos ventos uivantes*. Agora que eu havia lido o livro, ainda não entendia o que ela queria dizer. Havia garotos de até 18 anos em Daleswick; o Pai pretendia me manter ali até eu chegar a essa idade? Comecei agradecendo pelo pijama, e em seguida perguntei se ela sabia algo sobre sonhos molhados e se também ela os achava fantásticos. Perguntei quem ela via em seus sonhos, se era meu pai. Mas tive que parar de escrever para ir tomar o café da manhã.

*

O mundo de Alexei era completamente novo para mim. Ainda que ele tivesse uma tendência a se vangloriar demais, quando ele falava era raro eu querer que ele parasse. Eu ficava deitado na minha cama, as mãos entrelaçadas atrás da cabeça, e assistia a ele como se assiste a um filme.

— Meu pai está agora em Hamburgo.
— O que ele está fazendo lá?
— Ele é o regente titular da orquestra sinfônica — disse Alexei, com orgulho.

Essa conversa se deu pouco depois de nos conhecermos. Eu acabara de chegar em Daleswick. Alexei estava lá fazia já um ano, mas ainda tinha um forte sotaque alemão.

— Antes de Hamburgo estivemos em Jena, onde ele era regente da filarmônica, e antes disso em Stuttgart, porque ele dirigia a Orquestra Sinfônica de Rádio de Stuttgart. Haviam oferecido a ele o posto de regente titular da Orquestra Sinfônica de Vancouver, no Canadá, mas ele não queria atrapalhar a nossa educação. E foi por isso que minha irmã e eu tivemos que ser mandados para colégios internos: Annalisa foi para um lugar perto de Düsseldorf, coitada.

— Você sente falta da Alemanha?
— Sinto falta de Annalisa. Ela pode ser muito chata, mas também é muito engraçada. Sabe o nome da maioria das estrelas.

— Atores?

— Não, as estrelas que iluminam o céu. E sinto falta do meu pai, também. Era sempre ele que nos acordava de manhã. Se eu tinha preguiça, ele esfregava o queixo no meu rosto antes de fazer a barba. E também da minha mãe, é claro. Sinto muita falta dela. Principalmente dela cantando. — Então ele me olhou com olhos cheios de lágrimas e disse: — Não sei por que falei isso.

Depois de um longo silêncio, acrescentou:

— Eles me deram o nome Alexei por causa de Alexeyevskaya, a estação de metrô de Moscou onde meu pai e minha mãe se beijaram pela primeira vez. Ele disse que os joelhos dele tremiam. Ela disse que não reparou. Eles se conheceram em Moscou porque minha mãe também era música lá. Era cantora. Mas não é mais. E o nome Annalisa é em homenagem a Annalisa Cima, a "musa" de Eugenio Montale, isto é, a pessoa que o fazia escrever bons poemas. Meus pais adoram os poemas de Montale. Você já leu?

Alguns garotos em Daleswick nunca deixavam de tentar voltar no tempo. Contavam sobre as vidas das quais vinham, as vidas de onde agora estavam excluídos. Mas em geral esses garotos eram chatos, sabiam muito menos que Alexei sobre música e poesia. Quase disse meu Alexei aqui, porque, em meio ao desdém sutil porém constante dos ingleses, esse garoto alemão e eu havíamos formado uma aliança. Tirávamos prazer de saber que ser árabe ou alemão eram condições igualmente reprovadas ali, e isso intensificava nossa intimidade e a lealdade que tínhamos um com o outro. Por isso insistíamos em chamar um ao outro sempre pelo primeiro nome.

— Seu nome tem algum significado na sua língua?
— Significa "minha luz". Foi meu pai que escolheu.

— O que o seu pai faz?

Eu nunca sabia muito bem como responder a essa pergunta. Ainda no Cairo, quando me perguntavam, eu dizia que ele era um ex-ministro aposentado, porque isso era o que meu pai me havia ensinado a dizer. Por um longo tempo pensei que de fato fosse um trabalho. Eu sabia que o Pai não tinha um emprego; que ele não precisava trabalhar para conseguir dinheiro; que ele havia herdado uma boa quantia de seu pai, o último de uma longa linhagem de mercadores de seda: havia um livro na estante sobre o homem que dera início a tudo aquilo, mustafá Paxá el-Alfi, narrando suas longas e demoradas viagens à China uns seiscentos anos antes. E, é claro, eu presumia que todos os pais fossem como o meu: gastavam o pouco tempo que passavam em casa — assim como guerreiros em recuperação — descansando, lendo em seus escritórios, antes de voltar à obsessão secreta à qual se devotavam. E embora ele nunca falasse a respeito, eu sempre tive uma vaga noção de qual podia ser a obsessão de meu pai. Talvez aqueles silêncios quando alguém, em geral uma visita, mencionava a ditadura militar que comandava nosso país, ou quando um parente vinha e dizia coisas como "A estrada que você está percorrendo só tem um destino", isso era o que me dizia, mesmo quando ainda menino, que meu pai havia se comprometido a lutar em uma guerra.

— Então? — persistia Alexei.

— Ele também é regente — falei.

— É mesmo? Que coincidência! De qual sinfônica? Eu sabia que nós éramos irmãos, eu sabia. Então, de qual sinfônica?

— Não sei.

— Como assim "não sei"? Como você pode não saber? Não importa se é uma orquestra pequena, pode me contar.

— Não lembro — falei, e senti meu rosto queimar sob o olhar dele.

— Ou você quer dizer regente de outra coisa? Regente de colégio?

Ele riu, e eu pensei que o melhor era rir também.

Capítulo 16

Um dia antes de eu viajar a Montreux para as férias de Natal, o Sr. Galebraith enfiou a cabeça na porta e disse:
— Uma senhora chamada Mona está ao telefone.

Passei como uma bala por ele, desci correndo as escadas, três degraus a cada passo, sem parar, quando ele gritou:
— Devagar!
— Mal posso esperar para ver você, meu amendoim doce — disse ela.

A saudade era uma pedra na minha boca.
— Acabo de fazer o check in. Amo este hotel. Vejo você no aeroporto — ela disse, e desligou.

O voo de duas horas até Genebra pareceu durar uma eternidade. Quanta impaciência eu sentia, os olhos cravados no relógio de pulso.

O Pai estava em Zurique, Berna ou Genebra; nunca ficou claro. Mona e eu tínhamos pela frente ao menos um ou dois dias, ou até três, sozinhos. Era só isso que me importava.

*

Suas faces coradas pelo frio pareciam a única cor no salão cinza de desembarque. Ela não estava usando o casaco de pele. Ele não deve ter lhe contado, pensei, que fui eu quem escolheu. Sentamo-nos lado a lado no trem para Montreux. Várias vezes cravei, sem que ela percebesse, os dedos nas minhas coxas.

Quando chegamos ao hotel, tive que abandonar minhas malas na entrada com o carregador porque Mona me puxava em direção ao elevador. Assim que as portas se fecharam, ela entrelaçou seu braço ao meu, envolvendo meu antebraço em seus dedos. Observei nosso reflexo nebuloso nas portas de metal polido. Eu me enganara: ainda não era tão alto quanto ela, mas quase.

Sempre havia leveza no modo como Mona me segurava, como se ela não estivesse de fato ali. Minha mãe, por outro lado, sempre apertava minha mão forte demais. Quando eu a alertava, ela pedia desculpas e relaxava a mão, mas apenas para de novo esquecer e voltar a espremer meus dedos como se fossem cordas escorregadias prestes a lhe escapar.

Sugeri a Mona dividirmos a suíte deles até o Pai chegar. Ela me olhou como se eu tivesse lhe pedido para tirar a roupa.

— Para economizar — expliquei.

Ela riu.

— E desde quando você se preocupa com essas coisas?

Ela me beijou embaixo do maxilar, e em seguida me levou ao meu quarto. Paramos na sacada que oferecia a vista daquele luminoso lago azul. A superfície era um espelho do céu azul e das nuvens que passavam. Tornava a luz fraca de verão uma sombra mais escura.

— Hoje à noite — ela disse — vamos jantar no Café du Soleil e ficar lá até que nos expulsem.

Quando o carregador entrou com as minhas malas, ela soltou minha mão e limpou a garganta. Assim que ele saiu, ela deixou escapar um riso travesso.

*

Tenho vergonha de admitir que mesmo a tragédia que se seguiu não corrompeu a memória daqueles três dias que passei em Montreux sozinho com Mona. Pelo contrário — e talvez exatamente pelo que aconteceu em seguida —: aqueles dias ainda cintilam em minha mente com a vividez de uma joia escura.

Fizemos longas caminhadas junto ao lago, excursões pontuadas por paradas em cafés para tomar chá, comer bolo e tomar sorvete. Eu estava sempre disposto a segurar o casaco dela, enquanto ela afundava os braços nus no cetim preto do forro. Ela gostava de casacos de pele porque lhe permitiam continuar usando por baixo suas blusas pretas e sem mangas favoritas.

— Cadê seu casaco novo?
— Estou guardando para quando Kamal estiver aqui.

Minha madrasta de 27 anos parecia ainda mais jovem do que isso, e eu, mesmo àquela altura, dava a impressão de ser mais velho. Poucos daqueles 14 anos que nos separavam seriam evidentes para algum estranho. Uma vez, em um café cheio, consciente da atenção de algumas pessoas a uma mesa próxima, eu me debrucei sobre a mesa, encontrei uma mecha solta do cabelo dela e a prendi atrás de sua orelha. Ela se retraiu. Tentei imaginar as indagações que nossa intimidade provocava: pensariam que ela era uma adúltera descuidada divertindo-se com seu jovem amante? E quando saímos fiquei contente, também, com os olhares invejosos e congratulatórios que recebi dos garotos da minha idade que andavam em grupos pequenos junto ao lago. Um observador escrupuloso teria, é claro, notado o estranho nervosismo que a beleza dela provocava em mim, mas meu autoengano deliberado e indecoroso, que ela sempre encontrava uma forma de encorajar, persistia. Ela entrelaçou seu braço ao meu, colando o ombro às minhas costas de modo que eu fosse um pouco à frente, como um oficial ditando o caminho. Depois de alguns passos ela me soltou e se afastou, indo à frente, contemplando a água, sem dúvida se perguntando por que o Pai não telefonara. Seus cabelos se moviam levemente na brisa da tarde.

No caminho de volta, passamos por dois namorados entregues a um beijo, e embora eu não achasse que os estava encarando, ela me beliscou e disse:

— Pare, você é novo demais para essas coisas.

Mas em seguida ela insistiu que eu provasse um terno e uma gravata que ela viu em uma vitrine próxima ao hotel. Quando os vesti, ela sacudiu a cabeça e disse:

— Adulto demais.

*

A cada vez que voltávamos ao hotel, ela perguntava na recepção se alguém havia ligado. E a resposta era sempre não. Subindo pelo elevador, ela sempre olhava longamente o chão ou dizia "Não sei por que ele não ligou ainda", ou "Ele nunca me diz onde está".

O atraso do Pai era como uma nuvem que se tornava mais densa a cada dia que passava. Na terceira noite, até eu queria que ele chegasse ou ligasse. Fui despertado de madrugada pela luz muito branca de uma lua cheia, que mantinha no quarto um brilho frio e duro. Meu coração trovejava. Liguei para o quarto dela e esperei até que ela atendesse:

— Kamal?
— Não, sou eu. Ele não chegou?
— Não, querido, volte a dormir. Ele vai estar aqui amanhã.

*

Para restaurar seu "francês enfraquecido", Mona havia se comprometido a ler *La Tribune de Genève* toda manhã durante o café. Se não fosse por esse detalhe, não teríamos ficado sabendo, na manhã seguinte, dos "namorados separados à força no meio da noite", pois naquela época eu ainda não tinha o hábito de ler jornais.

Capítulo 17

Ela soltou o jornal, mas só quando eu o puxei.
— Meu Deus — disse ela.

Por um instante o terraço onde estávamos parecia ter o risco de desabar e nos atirar no lago escuro. Olhei para cima: os parapentes ainda estavam ali, suspensos a meia distância.
— Venha, precisamos ir. Chame a polícia. Por que não ficamos sabendo de nada? Merda. Venha — disse ela. Levantou-se e se inclinou por um momento sobre a mesa do café.

Precipitou-se em direção ao elevador. Eu fui atrás.

No quarto, ela começou a fazer as malas. Seus movimentos eram furiosos. Em curtos intervalos, ela enxugava as lágrimas e continuava.

Tentei ler a matéria. A dificuldade não se devia apenas ao meu francês precário, mas ao fato de que meus olhos mal conseguiam focar as palavras. Cada letra parecia agitada por um motorzinho próprio.

"Hoje, nas primeiras horas da manhã, foi sequestrado o ex-ministro e líder dissidente Kamal Paxá el-Alfi. Ele estava em um apartamento pertencente a Béatrice Benameur, moradora de Genebra."

A senhorita — ou, quem sabe, senhora — parecia ter a idade do Pai, o que, considerando a preferência dele por mulheres mais jovens, a fazia parecer mais velha e, por alguma razão, formidável. Mas o nome me pareceu falso. Assim como sua expressão de sofrimento na fotografia em preto e branco sob o título "*Un couple separé de force au milieu de la nuit*". Isso me irritou; não se apresentava nenhuma evidência de que os "namorados separados à força no meio da noite" fossem de fato namorados e não amigos, colegas, sócios ou mesmo inimigos. E essas suspeitas só se agravaram quando eu li que, junto ao relógio de pulso, os cigarros e o isqueiro de prata, o Pai teria deixado a aliança na mesa de cabeceira. Ele sempre dormia de aliança. Esse era um detalhe importante, porque, até onde eu podia ver, esses objetos pessoais eram a única evidência de que ele de fato estivera naquele quarto. Qualquer um poderia tê-los roubado ou adquirido réplicas e os plantado ali para simular um sequestro.

Mona agora folheava com nervosismo a lista telefônica.

Talvez, pensei, para despistar seus perseguidores ou escapar de alguma circunstância indesejável, ele próprio poderia ter orquestrado esse desaparecimento. Ele podia precisar nos mandar uma mensagem ou talvez estar a caminho do hotel enquanto nós fazíamos as malas.

— Não podemos ir embora ainda — falei. — Não agora; o Pai pode vir e não nos encontrar.

Ela me olhou, e eu senti a necessidade de me explicar. Mas então ouvimos uma batida à porta. Eu corri até lá. Era o carregador de bagagem, entregando-me um pequeno envelope. Continha uma mensagem telefônica da noite anterior.

— Por que não nos deram antes? — explodiu Mona.

— Chegou tarde, madame — disse o carregador.

Eu parei ao lado dela, e ambos lemos a mensagem:

"Me ligue imediatamente — Charlie HASS, Genebra."

E havia um número de telefone.

Mona sentou-se na beira da cama, o telefone no colo. Eu me sentei ao lado dela, desesperado para ouvir cada palavra. Ela permitiu; não passou o fone para o outro ouvido. O advogado do Pai disse apenas:

— Vocês têm que vir o mais rápido possível.

*

No trem para Genebra, mal falamos. Eu observava o dia prateado. Uma trilha estreita apareceu lá embaixo, uma serpente negra surgindo e sumindo na vegetação densa. Casas nas colinas que passavam, fumaça saindo das chaminés. Como eu não imaginara aquilo? Eu imaginara sim. Já não sabia que o Pai tinha inimigos poderosos, que várias vezes era seguido? Por que outra razão seria ele tão cauteloso, tão sigiloso? O que estariam fazendo com ele? Alguma vez eu voltaria a vê-lo olhando para mim?

Tudo o que eu não sabia sobre meu pai — sua vida pessoal, seus pensamentos, por que fora sequestrado e por quem, o que fizera de fato para provocar tais ações, onde estava naquele momento, se estava entre os vivos ou entre os mortos — era como uma máscara que me sufocava. E também me sentia culpado, assim como continuo me sentindo hoje, por tê-lo perdido, por não saber como encontrá-lo ou como tomar seu lugar. A cada dia eu decepciono meu pai.

Eu não podia suportar a presença da mulher que agora estava ao meu lado, escondendo os olhos atrás dos óculos escuros, a ponta do nariz ardendo de tão vermelha. Não conseguia entender por que o Pai havia se casado com ela. Estendi a mão, e ela me passou de novo a reportagem.

*

A janela atrás de Béatrice Benameur não mostrava nenhuma manhã, apenas dois retângulos pretos separados por uma fina moldura branca. Seus olhos, delicados de sono, frágeis pelo choque, espiavam para além da fotografia. Seus cabelos estavam amassados, e quando aproximei o jornal do rosto consegui vislumbrar marcas do sono em sua bochecha, marcas de tecido dobrado. O fotógrafo deve ter chegado à cena excepcionalmente rápido. E de repente tornou-se sensato que, por respeito à esposa, o Pai tivesse decidido tirar a aliança antes de se deitar ao lado daquela mulher suíça. Ou talvez não tivesse nada a ver com respeito: talvez tivesse ido tomar banho ou cozinhar alguma coisa. Além disso, o nome — Béatrice Benameur —, que antes me soara falso, agora parecia perfeitamente crível, assim como era perfeitamente crível que ela houvesse ficado horrorizada em ser despertada de maneira abrupta por homens de balaclava prendendo os braços e tapando a boca do árabe caçado que estava deitado ao lado dela, seu peito nu debatendo-se, seu lugar no colchão permanecendo cálido por um longo tempo depois de o terem levado, a mão dela sobre o colchão e os olhos por muitos minutos sem acreditar no que acabara de acontecer, na rapidez de tudo aquilo, ouvindo o que ele às vezes lhe dizia quando ela se mostrava impaciente com a relação deles: "Tudo pode mudar em um piscar de olhos, meu amor", uma declaração que sem dúvida tinha o propósito de manter esperanças. Ou ao menos era assim que eu imaginava, ali sentado entre Mona e a janela do trem para Genebra. Até onde eu sabia, ele nunca a chamara de "meu amor" e ela nunca expressara impaciência quanto à "relação" dos dois. Então eu o vi levantando-se e partindo, guiado apenas por uma insinuação, um gesto de uma das cabeças cobertas. Imaginei isso ainda que a reportagem afirmasse que "havia sinais visíveis de resistência", que "sangue foi encontrado no travesseiro da vítima" e que "a luminária ao lado da cama estava quebrada".

Capítulo 18

Por alguma razão, eu imaginava que *monsieur* Hass seria um homem baixo com um rosto redondo e que usasse óculos. Em vez disso, quando o trem parou na estação de Genebra, Mona apontou para uma figura alta e delgada parada na plataforma.

— Ali está ele.

Eu o observei da janela do vagão. Ele ainda não nos vira. Suas feições indicavam austeridade. Tinha cabelos lisos e negros puxados para trás e mantidos por algum tipo de cera. Ele beijou Mona no rosto.

— Sinto muito — disse.

Quando apertou minha mão, seus olhos permaneceram sobre mim por um segundo a mais.

Seu terno era preto, sua capa de chuva era preta, e sua gravata era de um cinza azulado e fosco com minúsculas bolinhas brancas.

— Por aqui — falou, e nós o seguimos.

Ele andava rápido, fazendo esvoaçar a cauda partida de sua capa. Quando estávamos dentro do carro, ele falou:

— Eu o vi na noite anterior. Estava tudo bem.

— Quando você soube?

— Na noite em que aconteceu.

— Então por que não me ligou?

— Eu liguei.

— Você ligou na noite seguinte.

Depois de uma longa pausa, ele disse:

— Estava esperando ter alguma notícia boa para contar.

Ele nos colocou em um quarto duplo em um hotel três estrelas, um tipo de lugar onde eu nunca imaginaria o Pai se hospedando. Depois de fazermos o check in, ele nos levou à delegacia. Um homem atrás do balcão escutou Hass e em seguida lhe entregou um formulário para preencher. O inspetor nos contataria, afirmou Hass.

— Vou deixá-los descansar — disse ele quando nos deixou no hotel.

Mona e eu passamos o resto da tarde no quarto do hotel, junto ao telefone. Quando o sol já se punha, Mona telefonou para a delegacia. Foi passada de um policial a outro até que o francês lhe faltou. Eu tentei em seu lugar e aconteceu a mesma coisa. Depois de um tempo, o telefone tocou. Era Hass. Mona falou com ele tão baixo que eu mal pude decifrar o que dizia.

— Ele vai passar aqui de manhãzinha — avisou-me ela.

De noite, conseguimos nos obrigar a sair do quarto. Caminhamos devagar, sem rumo, a alguns passos de distância um do outro. Passamos pelo Café du Soleil e nenhum de nós disse uma palavra. No fim, entramos numa lanchonete fast-food, nos sentamos sob a luz indiferente e comemos em silêncio.

*

Na manhã seguinte seguimos Hass, que andava mais rápido do que qualquer pessoa que eu já conhecera, até a delegacia. Ficamos ali parados encarando o mesmo atendente. Desta vez ele assentiu com a cabeça e apontou as cadeiras alinhadas contra a parede. Mona e eu nos sentamos, mas Hass ficou de pé em sua longa capa. O atendente sussurrou algo ao telefone, e depois de alguns minutos outro homem, de terno, apareceu pela porta do outro lado do balcão. Parou ao lado do atendente, folheando as mesmas páginas. Mona já se dirigia ao balcão. O homem estendeu a mão.

— Inspetor Martin Durand — disse ele.

Hass se apresentou como "advogado da família".

O inspetor abriu um trinco que não se via e ergueu uma parte do balcão. Mona, Hass e eu passamos. Ele nos conduziu a uma sala que só tinha uma mesa e quatro cadeiras. Desculpou-se por não ter nos encontrado antes. Pediu que contássemos o que sabíamos. Dissemos que não sabíamos nada, que só sabíamos o que havíamos lido no jornal.

— O que estavam fazendo na Suíça?

Mona falava, enquanto ele anotava e só de vez em quando erguia os olhos do caderno. Sempre que fazia uma pergunta começava a assentir com a cabeça mesmo antes de ouvir a resposta. A cada vez que ela mencionava um lugar ele repetia o nome em voz alta: "Cairo", "Colégio Daleswick", "Montreux Palace", até começar a parecer que esses lugares eram de alguma forma culpados, ou ao menos tinham parte da culpa. Talvez por isso Hass se viu obrigado a esclarecer:

— Eles estão aqui de férias.

— Entendo — disse o inspetor.

— Podemos ver a mulher? — perguntei.

Ele me olhou.

— Que mulher?

— Béatrice Benameur.

Mona não disse nada. Seus olhos se cravavam na borda da mesa.

— A senhora conhece Béatrice Benameur?

A pergunta se dirigia a Mona, mas ela não respondeu.

— Nesse caso, creio que não seria uma boa ideia — disse ele, dirigindo-se a Hass, cujo rosto permanecia rígido como uma parede.

De repente Mona começou a objetar. Sua voz cresceu em fúria. Mas Durand a silenciou com um movimento de mão e repetiu com firmeza:

— Não seria uma boa ideia.

Hass não disse nada.

Depois de um curto silêncio, o inspetor voltou a falar:

— Estamos fazendo todo o possível, considerando as circunstâncias difíceis. Este é um caso complicado, prejudicado ainda pelo fato de que o jornalista chegou à cena antes de nós, comprometendo assim as evidências. Mas posso garantir que estamos tratando o caso como prioridade. Agora, se me acompanhar até o balcão da entrada, a senhora pode recolher os pertences de seu marido.

Entregaram-nos um saquinho de plástico selado que continha o relógio, os cigarros, o isqueiro prateado e a aliança do Pai.

— Encontramos isso na mesa de cabeceira dele — disse o inspetor.

Mona o olhou. Eu sabia o que ela estava pensando: a "mesa de cabeceira dele" não era em Genebra, e sim no Cairo, com ela.

*

De volta ao hotel, Mona sentou-se à beira da cama com sua pequena agenda de telefones aberta ao lado. Virava as páginas devagar.

— Vai usar o banheiro? — perguntou.

Esperei até ouvir o chuveiro, e então localizei o número de Hass e disquei.

— Por que a polícia não nos deixa encontrar Béatrice Benameur?

— Ela sabe tanto quanto vocês — disse ele. O silêncio que se seguiu parecia perturbá-lo também. — Ela só calhou de estar ali — acrescentou.

Pouco depois, ele ligou de volta. Mona atendeu.

Ela ficou em silêncio por um tempo, só ouvindo. Eu me perguntava o que ele estaria lhe contando.

— Você falou com ela? — disse Mona. — Sei. E o que ela disse?... O quê, agora? OK, me dê meia hora. — E desligou. — Ele está vindo.

— O que ele disse?

— Que ela está disposta a nos encontrar. — E em seguida, para si mesma, repetiu: — "Disposta a nos encontrar".

Depois de alguns segundos eu já não podia aguentar o barulho de seu secador de cabelo. Esperei no saguão, saindo de quando em quando para a rua, andando de um lado para o outro em frente à entrada do hotel.

*

No carro, eu observava a nuca de *monsieur* Hass enquanto ele dirigia. Perguntava-me o que ele saberia, o que estaria pensando naquele momento. Os cabelos pretos penteados para trás com tanto rigor pareciam parte do esforço de manter apenas para si o que sabia. Havia algo de inexorável também naquele pescoço forte. E, de tão perto, eu podia detectar a familiar fragrância almiscarada da loção pós-barba do Pai. Mona estava sentada ao lado dele, olhando para a frente, os olhos escondidos atrás de óculos escuros.

O pescoço dela, rígido e magro, parecia correr o risco de quebrar.

— Você foi ver Béatrice Benameur? — perguntei.

Tudo o que eu podia ver no rosto de Hass pelo espelho retrovisor eram seus olhos, que ele mantinha atentos à rua. Separados do resto de seu rosto, pareciam quase femininos.

— Sim — ele disse, alguns segundos depois de entrar em uma rua menor, mais tranquila.

Esperei que Mona reagisse, mas ela não disse nada.

Consegui ver o nome: rua Monnier — estranhamente similar a Monir, o nome do pai de Mona.

— Por que ela estava lá? — perguntei.

Ele não respondeu, e ninguém falou até que ele estacionasse e desligasse o motor.

— É aqui? — perguntou Mona em voz quase inaudível.

— É — ele respondeu.

Nenhum dos dois se mexeu. Talvez Hass esperasse que Mona e eu mudássemos de ideia, que pedíssemos para sermos levados de volta ao hotel.

— Nuri, você pode sair por um minuto? — pediu Mona.

Eu obedeci. Hass levantou o vidro. Eu não conseguia ouvir absolutamente nada do que diziam. Alguns ansiosos minutos depois eles também saíram. Cruzamos a rua e entramos em um prédio com uma entrada arcada flanqueada por ornamentos de gesso na forma de bebês com barrigas protuberantes. Ele apertou a campainha, e o som ecoou forte na rua deserta.

— É aqui que ela mora? — perguntou Mona, e ela mesma devia saber que era uma pergunta estúpida.

Hass continuou encarando a porta.

Senti toda a umidade se evadindo da minha boca. Estar parado na frente do prédio de onde meu pai havia sido levado me apresentava o que parecia ser um perigo real e racional de ser sequestrado ou assassinado pelas costas, ou esmagado por um objeto grande que surdamente caísse de uma das janelas. Eu queria dizer a eles "Isto é perigoso", ou puxá-los pelas mangas para longe dali, mas permaneci parado no lugar, e só depois que notei os olhos de Mona sobre mim foi que percebi que eu estava tremendo. Ela se aproximou, seu ombro tocando o meu, e então senti sua mão queimando nas minhas costas.

— Eu liguei. Não sei aonde ela foi — disse Hass.

Apertou a campainha de novo, e desta vez a rua pareceu amplificar ainda mais aquele som horrível. Nenhum ruído vinha de dentro do prédio. A respiração de Mona se alterou; pensei que ela estivesse prestes a dizer algo, mas ela simplesmente fixava os olhos com toda a atenção na porta à nossa frente.

Capítulo 19

Levando-nos de volta ao hotel, Hass, sem ter sido incitado, começou a falar:

— Ela deixou a cidade, foi para algum lugar nas montanhas quando aconteceu. Mas disse que voltaria hoje para encontrar vocês. Não sei o que aconteceu. Vou continuar tentando contactá-la no número que eu tenho.

— Me dê o número — disse Mona de repente.

Isso pareceu aturdir Hass.

— Bom... Acho melhor eu ligar. Ela está muito assustada. E não é tão simples; a cada vez que telefono, tenho que passar por várias pessoas para chegar a ela. Como eu disse, ela está muito assustada.

Ele nos deixou no hotel e se foi. Assim que entramos no quarto, Mona se mostrou mais agitada.

— Nada disso faz sentido — disse ela, acendendo um cigarro e batendo o isqueiro no tampo de vidro da mesa de cabeceira. — Quem é essa mulher, afinal? E como o jornal ficou sabendo antes de nós?

Eu a lembrei do que o inspetor de polícia havia dito: que o jornalista do *La Tribune* havia sido o primeiro a chegar à cena.

— Sim, mas quem o chamou?

Ela passou as horas seguintes telefonando para os amigos do Pai. Taleb não estava em casa, mas Hydar atendeu. Conversaram por um longo tempo. Assim que ela desligou, e antes que eu tivesse a chance de perguntar o que ele lhe dissera, o telefone tocou. Era Taleb. Conversaram até tarde da noite. Eu dormi ao som da voz dela contando-lhe o que acontecera, o que Hass dissera, o que dissera a polícia. E ainda mais tarde o telefone voltou a tocar. Deve ter sido outra pessoa, porque ela teve que repetir a história inteira.

*

De manhã, ela disse "Não aguento este lugar" e insistiu em que não tomássemos café ali no hotel. Encontramos um café por perto. E, embora fosse um dia frio, ela quis sentar do lado de fora.

— Aqui está melhor — disse Mona quando nos sentamos, ainda de casaco, a uma mesinha redonda na ponta da calçada vazia. — Em todos os outros lugares, sinto que as pessoas estão escutando.

Então ela fixou o olhar em um ponto distante. Parecia determinada. Eu me perguntava o que Taleb, Hydar e quem mais houvesse ligado de madrugada lhe teriam dito; o que eles achavam que havia acontecido com o Pai e o que pensavam que ela e eu deveríamos fazer.

Baixinho, ao longe, ouvia-se o som de uma bateria e de trompetes desarmônicos. Agora a música parecia a uma ou duas ruas de distância.

— Precisamos de uma autoridade — disse ela.

Nesse momento os vimos: meninos e meninas trajando um uniforme azul com franjas douradas, batendo pratos, soprando cornetas que desprendiam um brilho branco na luz de inverno. Os que estavam dentro do café saíram para a calçada e pararam logo atrás de nós. Mona inclinou-se na minha direção e gritou ao meu ouvido:

— Um ministro, alguém assim.

As pessoas olhavam das janelas aqui e ali, batendo palmas, acenando. Cada rosto sorria. Ainda não eram sequer nove da manhã. Por alguma razão o espetáculo da marcha entre aqueles prédios frios e cinzentos era perturbador. Quando olhei para Mona, encontrei-a cobrindo o rosto com as mãos, os dedos todos juntos, pressionados com força um contra o outro. Estaria ela chorando ou rindo? O som da banda era agora ensurdecedor; pressionava-se contra meu peito. Alguns dos jovens músicos sorriam em nossa direção. A ideia de sorrir de volta era impossível. Quando voltei a me virar para Mona, ela já havia saído dali. Sua bolsa também sumira. Eu não a via em nenhuma parte. Voltei a olhar para a banda. Agora passavam os grandes tambores. Uma das garotas apoiou a mão sobre o ombro do garoto ao lado dela e puxou para baixo a manga da camisa dele. Ele sorriu sem precisar olhar para ela. E, gradualmente, o som diminuiu. As costas quadradas e azuis da última fila, cruzada pelas cintas brancas que sustentavam os barris dos tambores, desapareceram ao virar a esquina. As cabeças nas janelas dos apartamentos acima já não estavam mais lá. E a calçada voltara a ficar vazia. Ainda assim, não havia sinal de Mona.

Perguntei ao garçom se ele a vira.

— No banheiro — disse ele, e em seguida: — Não se preocupe, ela vai voltar.

Eu me perguntei se ele estaria zombando de mim.

Alguns minutos depois ela estava parada ao meu lado, a bolsa no ombro, pronta para ir embora.

*

Voltamos ao hotel.

— Veio um homem perguntando por vocês — disse o recepcionista quando fomos buscar a chave. — Não, madame, ele não deixou o nome. Esperou alguns minutos e foi embora.

Eu tinha certeza de que era Hass, mas ainda assim sentia alguma esperança. Não via a hora de Mona terminar de lavar o rosto. Disquei o número.

— Graças a Deus — disse ele quando ouviu minha voz.
— Eu não encontrava vocês em lugar nenhum. O hotel não tinha ideia de onde estavam; disseram que vocês não tinham tomado café. Fui até a delegacia, e me disseram que não haviam ido lá.

— Pronto, Mona está aqui — falei ao vê-la saindo do banheiro. — É Hass.

Ela tapou o fone com a mão tão forte que o sangue se evadiu dos nós de seus dedos.

— Foi ele que veio hoje mais cedo? — sussurrou ela.

Fiz que sim com a cabeça.

— Hass, foi você que veio ao hotel? — perguntou ela sem nem o cumprimentar. — Eu quis dar uma volta. Escute, estive pensando — disse ela, olhando para o próprio colo.
— Quero ver o jornalista... Como assim "por quê"? Porque ele chegou lá antes de qualquer outra pessoa. — E parou como se tivesse sido interrompida.

Ela me olhou e em seguida se virou um pouco, para me dar as costas. Eu observei seu dorso inchando e desinchando.

— Escute, do que você tem medo?... Então ligue para o maldito jornalista — disse, e desligou, ainda segurando o fone.

Mona pegou os óculos escuros, a agenda telefônica e os cigarros, jogando-os sem qualquer cuidado dentro da bolsa.

— Venha — disse ela. — Vamos voltar à delegacia.

No lobby do hotel, parei e corri de volta ao quarto. Enfiei a sacola plástica contendo as coisas do Pai em minha mala, bem fundo, entre as roupas.

Já na rua, andando ao lado dela, fiquei preocupado com o que ela faria em seguida. Era um sentimento estranho: eu temia por ela, mas não sabia dizer por que exatamente.

O inspetor Martin Durand não nos fez esperar. Conduziu-nos à mesma sala pouco mobiliada.

— Vocês distribuíram a foto dele pelos controles de fronteira? — perguntou Mona.

— Estamos fazendo tudo o que podemos — respondeu Martin Durand.

— Seja quem for que o sequestrou, está tentando levá-lo para o exterior.

— A polícia de fronteira foi notificada.

— Isso não é suficiente; vocês têm que lhes dar esta foto.

— Sei que deve ser horrível para a senhora. Posso imaginar. Mas a senhora tem que saber que estamos fazendo tudo o que podemos.

Eu percebi que ele achou suspeita a convicção de Mona de que os sequestradores iriam querer tirá-lo da Suíça.

— Existem boas chances — falei — de que ele tenha sido pego pelo nosso país. Quero dizer, pelas pessoas que agora governam nosso país.

— Não são "boas chances": cem por cento de chance — ressaltou Mona com raiva.

Martin Durand olhou para ela, depois para mim.

Capítulo 20

Para o almoço, Mona pediu que nos levassem sanduíches no quarto. Enquanto comíamos, ela ligou para *monsieur* Hass ao menos três vezes, e a cada vez sua secretária muito educada informou que ele estava em uma reunião. Ela pediu que eu ligasse, fingindo ser outra pessoa. Obtive a mesma resposta. Alguns minutos depois o telefone tocou. Eu atendi.

— Poderia falar com madame Mona? — Ele soava cansado. — Me desculpe, tenho andado ocupado — explicou voluntariamente.

Assim que pegou o telefone, Mona disse:

— Por onde diabos você andou? — Em seguida, antes que ele pudesse ter a chance de explicar, ela prosseguiu: — Bem, escute. Entrou em contato com o jornalista?... Como assim ele está fora da cidade? Ele não é um repórter local? Que conveniente: de férias. E você falou com aquela maldita mulher? Ou ela também desapareceu?

Não passou nem uma hora até o recepcionista ligar avisando que *monsieur* Hass estava ali. Não dava para recebê-lo em nosso quarto minúsculo, agora com cheiro de comida, por isso descemos. Fomos encontrá-lo andando de um lado para o outro, batendo os sapatos com estridência contra o piso. Sentamo-nos, nós três, a um canto do lobby.

— Você e eu sabemos que ele não fugiu simplesmente — disse Mona com suavidade.

Ele olhou para mim com preocupação.

— Nuri — disse Mona. — Você poderia buscar minha agenda telefônica lá em cima?

Quando voltei, me aproximei lentamente, por trás, do sofá onde eles estavam sentados, flagrando parte da conversa.

— Eles têm a responsabilidade de protegê-lo. Não podem varrê-lo para baixo do tapete.

— Deixe-me ver o que posso fazer — disse ele.

Quando me viram, se levantaram.

— Certo, então. Você me liga — disse ela.

— Sim, assim que eu conseguir falar com meu amigo.

Fui com Mona até o elevador. Ela entrou e se posicionou bem perto da porta automática. Quando esta se fechou, ela falou:

— Sujeito decente, esse homem. Só precisa de um bom chute no traseiro.

A porta se abriu, e ela a atravessou imponente.

Eu tentava entender o que estava acontecendo. Perguntei para quem Hass ligaria.

— Alguém que ele conhece no Ministério do Interior.

— O quê? Como a polícia?

— Acima da polícia.

Ela se deitou, cruzando as mãos sobre a barriga, e disse:

— Vou descansar os olhos por alguns minutos.

Eu não sabia aonde ir. Pensei que pudesse olhar pela janela, mas a vista só dava para os fundos de um prédio próximo.

— As cortinas — disse ela de repente, os olhos ainda fechados.

Eu as fechei. O quarto ficou estranhamente escuro, como se a luz fosse uma substância sólida que houvesse vazado para fora. Eu me fechei no banheiro, onde não havia janelas, mas não acendi a luz. Fui tateando até a borda da banheira. Me enfiei dentro de sua forma negra e seca. Não chorei. Permaneci ali até ouvir o telefone tocar. Saí rápido.

— Que bom, você falou com ele — disse ela, sentando na cama. — Não me importa que seja Natal. Precisamos encontrá-lo... Então por que não ligo eu para ele? — Levantou-se. — OK, OK, então você liga para ele agora e diz que, se o ministro não nos encontrar amanhã, eu vou ligar para todos os jornais da Suíça e dizer que o governo suíço não dá a mínima para o desaparecimento de um homem que não fez nada senão exigir a liberdade de seu povo. — Ela ficou ouvindo por um tempo, depois riu. — Sim, exatamente, diga que a mulher dele é louca... OK, ótimo, estou esperando ao lado do telefone — disse ela, desligando em seguida.

Por alguma razão, ouvir aquelas palavras, a voz natural porém exaltada com que ela as pronunciava, fez com que eu me sentisse instável. Sentei-me no chão, a cabeça pendendo entre os joelhos.

— O que houve? — perguntou ela.

Sacudi a cabeça, piscando forte para apagar as pequenas nódoas brancas.

Ela acendeu um cigarro. A fumaça logo tomou o quarto inteiro. Abriu as cortinas, mas não a janela.

Quando o telefone voltou a soar, ela deixou que tocasse algumas vezes antes de atender:

— Oi. Bom, bom. Ótimo, funcionou. A que horas saímos?... Certo, a gente espera você amanhã ao meio-dia... Não, ele precisa ir. Eles têm que ver o filho dele.

Desligou.

— Aqueles desgraçados — disse ela num murmúrio.

A luz que entrava pela janela era fraca. Ela começou a pentear os cabelos.

— O que vamos jantar? — perguntou.

Na manhã seguinte, Mona e eu estávamos de volta na delegacia. O inspetor Martin Durand não veio nos receber. Atrás do balcão havia uma mulher de pescoço grosso e olhos tão claros que o branco dos seus globos oculares era desbotado como giz. Trajava um uniforme; pediu que voltássemos outra hora.

— Não vou embora até que ele venha falar comigo — disse Mona.

— Madame, *monsieur* Durand não está.

— Nós esperamos — insistiu Mona, e sentou-se em uma das cadeiras alinhadas à parede.

Depois de uns dez minutos, o inspetor saiu e lhe disse, o rosto ficando mais vermelho a cada palavra:

— Por favor, saiba que estamos fazendo tudo o que podemos. Vamos ligar, eu prometo, assim que tivermos notícias.

Em seguida, não importando o que Mona dissesse, ele sempre retrucava repetindo as mesmas palavras, de forma menos emotiva porém mais determinada, e acrescentando um "Lamento" no começo, às vezes também no fim e por vezes, estranhamente, no meio. A essa altura Mona parecia derrotada. Foi então que eu perdi a cabeça:

— O senhor não enxerga que isso é perigoso? — repeti várias vezes, em uma voz que me surpreendeu.

O inspetor me olhou de trás do balcão.

Mona segurou meu braço e me levou para fora. As veias em seu pescoço saltavam a cada respiração. Fiquei vendo-a chorar. Ela pressionou a mão pálida contra a testa. Seus olhos eram selvagens, e a boca permaneceu aberta até que a mão desceu da testa e a cobriu. Ela me olhava com fúria, como se fosse eu o responsável, como se de repente eu fosse um estranho para ela. Mas devo ter interpretado errado tudo isso, porque então ela colocou a mão em meu ombro e disse:

— Não chore, querido.

Saímos andando devagar pela rua. Ela encolhia com força os ombros, como se o resto do corpo pudesse se desmantelar e colapsar no chão. A bolsa marrom-escuro que normalmente pendia ao lado dela agora estava para trás, empurrada pelo cotovelo, o couro macio batendo contra suas costelas. Então, sem dizer uma palavra e sem olhar para ver se eu ainda estava lá, ela entrou em um café. Sentou-se a uma mesinha quadrada ao lado de uma coluna, deixando a bolsa em cima da mesa. Com mãos trêmulas sacou um cigarro. O garçom veio e ficou imóvel ao nosso lado. Mona não reagiu. Eu pedi que ele lhe trouxesse uma xícara de café. Ela ergueu os olhos, perguntando:

— O quê? — Depois olhou para o garçom e disse: — Sim, café, por favor.

O homem se virou para mim e eu me ouvi dizer:

— Para mim também. — Embora eu nunca houvesse tomado café antes.

Passou-se um longo minuto, ou dois, até que ela se lembrou de alguma coisa. Vasculhou a bolsa, pegou a agenda telefônica e foi com ela até o telefone que ficava num canto do café.

— Para quem você vai ligar? — perguntei.

Ela não me olhou. Tudo o que consegui ouvir da conversa foram alguns *s* ocasionais.

Com quem ela estaria falando: Hass, Taleb, Hydar ou algum outro amigo ou parceiro que o Pai lhe apresentara? Ela desligou e voltou à mesa.

— Temos que ir. Imediatamente. Ao que parece, nós também estamos em perigo. Pode ser necessário para convencê-lo a falar.

Agora o medo que eu sentira na frente do prédio de Béatrice Benameur começava a fazer sentido. É claro: como é que aqueles que haviam sequestrado meu pai não iriam querer também a nós? Antes que eu pudesse perguntar quem lhe havia dito isso, ela já voltava ao telefone. Discou um número, acenou para o garçom, fez-lhe alguma pergunta, depois lhe passou com impaciência o fone.

— Charlie está a caminho — disse ela, sentando-se e acendendo mais um cigarro.

— Quem é Charlie?

— Hass.

Acenou de novo para o garçom.

— Você deu a ele o endereço?

— Sim, madame.

— Bom — disse ela, dando-lhe algum dinheiro. — Por favor, já traga o troco.

Alguns minutos depois, Hass entrou no café.

— Temos que pegar o primeiro avião e sair daqui — disse Mona a ele.

Os olhos dele se acenderam com uma espécie de inteligência resoluta. Tive certeza de que era essa a expressão que ele assumia quando o Pai lhe confiava alguma tarefa importante.

Mona levantou-se, mas Hass acenou para que ela voltasse a se sentar. Ele pediu um café.

— O que está fazendo? — perguntou ela.

Sem dizer uma palavra, ele foi até o telefone.

Quando voltou, disse:

— Só alguns minutos.

Tomou seu café em silêncio, até que o telefone do café começou a tocar. O garçom atendeu e passou o fone a Hass.

— Minha secretária conseguiu dois lugares em um voo à meia-noite. Assim teremos tempo para comparecer ao nosso compromisso.

Ele nos levou até o hotel e esperou do lado de fora enquanto fazíamos as malas. Mona pediu que eu vestisse uma camisa branca.

Capítulo 21

Levou uma hora e meia para ir de carro até Berna. Ficamos em silêncio a maior parte do tempo, como se cada um de nós estivesse tentando ajustar uma válvula sobrecarregada em nossa cabeça. Quando entramos em Berna, Hass inclinou-se levemente na direção de Mona e disse em um quase sussurro:

— Como eu disse, o ministro está ocupado, mas nós vamos encontrar a assistente dele e meu amigo, que é membro do Parlamento. — Depois acrescentou: — É um edifício espetacular.

Hass estacionou em uma rua lateral, e fomos andando até o prédio. Quando o edifício grande de pedras escuras surgiu, Hass apontou com entusiasmo e disse:

— Viram só?

Olhamos para cima: os arcos se empilhavam por uns três ou quatro andares. Duas torres quadradas se erigiam nas laterais, cada uma com uma pequena bandeira vermelha no topo. Não parecia nem um pouco espetacular, e sim ridículo e autoritário, como um guarda-costas de maxilar quadrado. Cheguei mais perto de Mona, aliviado por ela não ter dito nada em resposta ao comentário dele.

Uma mulher com um caderno roxo de espiral com a capa adornada com adesivos coloridos e brilhantes nos conduziu através de um longo e polido corredor e por uma escadaria imponente que tinha a largura de um carro. Em intervalos curtos ela olhava para trás para se certificar de que ainda a seguíamos. Em um dado momento, as paredes de madeira dos corredores se tornaram brancas, e luzes de neon substituíram os lustres. Chegamos a um espaço que parecia uma sala de aula. Tinha até um quadro-negro à parede. Nós três nos sentamos de um lado da longa mesa branca que havia no meio. No centro da mesa havia uma jarra cheia d'água, mas apenas dois copos ao lado. Eu estava com sede, mas não me servi. Depois de alguns minutos, entrou a mesma mulher com o caderno infantil, seguida por um homem de terno azul-escuro e uma gravata vermelha. Ele cumprimentou Hass de modo afetuoso, enquanto a mulher olhava e sorria.

— Estudamos juntos na universidade — explicou Hass.

— Lamento pelo que aconteceu — disse ele a Mona.

Apertou minha mão, mas sem olhar nos meus olhos.

Ele e a mulher se sentaram à nossa frente, com uma cadeira vazia entre os dois.

— A assistente do ministro está vindo — disse o homem.

— É muito gentil de sua parte se dispor a nos encontrar tão rápido — disse Mona.

— Queremos fazer todo o possível.

Então chegou uma mulher alta, cumprimentou a cada um de nós e rapidamente sentou-se no meio. Olhou para a mulher ao seu lado, que abriu o caderno e posicionou a caneta no topo de uma página em branco.

— O ministro pede desculpas. Ele queria encontrá-los pessoalmente desde que ficou sabendo. Mas, como vocês devem compreender, ele está sempre muito ocupado.

— Claro — disse Mona com suavidade, o que me surpreendeu.

— Lemos o relatório da polícia e a declaração que vocês fizeram a *monsieur* Durand, então não vou perturbá-los pedindo que repitam a história. Mas, assim como vocês, estamos de fato muito preocupados.

Ela tinha feições magras e alongadas. Por alguma razão, tive certeza de que eram os traços de seu pai. Seus braços eram quase tão brancos quanto a mesa e completamente sem pelos. A cor se alterava um pouco nas mãos: havia um leve tom de verde no início das palmas, as articulações eram róseas, mas as pontas dos dedos eram tristemente vermelhas, como se ela passasse um bom tempo lavando louça.

— Meu marido vem sempre a este país — disse Mona.
— Se alguma coisa tiver acontecido com ele, vai ser um escândalo.

Nenhum dos rostos à nossa frente reagiu a isso.

— O dever de vocês é proteger aqueles que os visitam.

— Como eu disse, estamos muito preocupados — repetiu a assistente do ministro. — A polícia de fronteira e os serviços de inteligência já foram notificados.

A jarra de água tinha mínimas bolhas de ar prateadas apegadas a suas laterais. Quanto tempo fazia que aquela jarra estava esperando ali? Quantos dias, semanas ou mesmo meses?

— Gostariam de um pouco d'água? — ofereceu a mulher que fazia anotações.

— Ah sim, me desculpem, eu deveria ter perguntado antes — disse o homem, e se levantou.

Ele não usava cinto e, embora sua braguilha estivesse fechada, esquecera-se de fechar o final, até o botão. Naquela fração o zíper se alargava como a boca aberta de um peixe pequeno. Ele serviu rápido, endireitando a jarra justo antes de a água alcançar a borda. Posicionou um copo na frente de Mona e outro na minha frente. Eu queria beber tudo de uma vez, mas não consegui tomar mais que um gole.

— Sinto que devemos estar preparados — disse a assistente do ministro, olhando para seus colegas — para a possibilidade de ele ter sido conduzido a algum dos países vizinhos. França ou Itália, por exemplo. Não é incomum que os nossos oficiais de imigração deixem de verificar os documentos dos que saem do país.

Mona soltou um ruído estranho, como uma pequena bufada. Todos os demais devem ter notado, mas ninguém disse nada.

— É isso o que vocês acham que aconteceu com meu pai? — perguntei.

— Não, só estamos dizendo que é uma possibilidade — disse o homem.

Olhei para Mona, mas ela não reagiu.

— Este é o quarto dia — disse ela enfim.

E ninguém falou mais nada depois disso. Não até que a mulher com o caderno, que a essa altura já havia preenchido algumas páginas, disse:

— Então, recapitulando: vamos garantir que todas as estações de fronteira estejam cientes disso e também notificar as autoridades dos países vizinhos.

*

No aeroporto, Hass fez algo inesperado. Depois de beijar Mona nas bochechas, me abraçou. As pontas de suas pálpebras, que em uma mulher estariam pintadas de lápis, estavam vermelhas como uma ferida aberta.

— Não se preocupe — disse ele a Mona. — Vou me manter atualizado com a polícia.

Quando já havíamos nos afastado alguns passos, ele ainda gritou:

— Liguem se precisarem de alguma coisa, qualquer coisa.

Pegamos um voo com escalas. Passamos algumas horas em Atenas. Tentamos dormir nos bancos do aeroporto. Eu observava o rosto dela pressionado contra o próprio punho. Mona parecia, naquele momento, tão estranha a mim quanto qualquer uma das figuras que passavam pelo saguão do aeroporto.

Capítulo 22

Pousamos no Cairo de manhã cedo. A pista molhada brilhava sob os postes de luz. O ar estava pesado com o cheiro humano da cidade antiga e superpovoada. Eu nunca me sentira tão desorientado. Minha mãe surgiu em meus pensamentos. Eu precisava dela; uma necessidade súbita, inexaurível, insuportável.

No apartamento, antes de irmos dormir, Mona abriu uma lata de atum e esquentou uns pedaços de pão congelado; quase os queimou. Comemos em silêncio. Eu não me ocupava com a óbvia pergunta do que teria acontecido com meu pai, mas com a necessidade física de estar do lado dele.

De manhã, assim que Naima chegou, ela perguntou:

— Onde está o Paxá?

— Trabalhando — disse Mona.

— Ele está bem? Porque, só ontem, as tias de Ustaz Nuri, madame Souad e madame Salwa, ligaram pelo menos dez vezes. Disseram que ouviram más notícias, mas não revelaram quais.

Mais tarde nesse mesmo dia ouvi Naima abrir a porta e deixar alguém entrar. Corri para ver quem era: encontrei Taleb parado no hall.

Mona o puxou para a sala.

— O regime — disse ele, e parou. Quando voltou a falar, passou a pronunciar as palavras rápido e quase em um sussurro, como se não pudesse esperar até contar tudo. —

O regime divulgou uma declaração dizendo que está com ele, que ele voltou, por vontade própria, à capital. Mas não o mostraram. Podem estar blefando. É possível.

Enquanto dizia essas palavras, Taleb se inclinava em direção a Mona. Como ela não reagia e não tirava os olhos das próprias mãos, ele se virou para mim e disse:

— Eu vim assim que soube.

*

Pelo resto do dia, sempre que eu estava sozinho, Naima me seguia e perguntava:

— O que aconteceu? Onde está o Paxá? Eu sei que tem alguma coisa errada.

No fim, eu lhe contei. Pânico e medo se mostraram em seus olhos, mas sua voz se manteve razoável e firme.

— Olhe, seu pai sempre fez isso. O trabalho dele exige coisas assim. Já aconteceu antes.

— Mesmo?

— Sim, várias vezes. Ele desaparecia por dias, e sua mãe, que Deus a tenha, ficava doente de preocupação, mas rapidinho ele aparecia à porta como se nada tivesse acontecido.

Ela tentou sorrir. Abraçou-me, e eu deixei que me abraçasse.

— Você deveria ligar para suas tias — disse ela de repente.

E foi buscar um número anotado com sua letra grande.

Tia Salwa disse que eu deveria ir imediatamente ir morar com elas, e em seguida começou a chorar. Tia Souad pegou o telefone.

— Nuri, habibi, ouça com muita atenção. Peça a sua madrasta que o coloque no primeiro avião para casa, é a este lugar que você pertence. Não tenha medo; ninguém vai tocar em você; só estão interessados no seu pai. Este é o seu país.

— Mas tem a escola — falei.

— Me passe para a sua madrasta.

Eu me sentei ao lado de Mona.

— Entendo a preocupação de vocês — disse Mona, depois esperou com paciência. — Sim, eu entendo. — Meu coração começou a bater com força. — Escute — ela disse, mas foi interrompida. Vi seu rosto ficando vermelho. — Tia, escute, você está sendo irracional... Não, você é que precisa me escutar. Eu sei que só tenho 28 anos, mas sou capaz de cuidar de Nuri. Atrapalhar a educação dele agora seria imensamente irresponsável. Muito obrigada — disse, e desligou, sua respiração fazendo inflar a pele de seu pescoço.

O telefone voltou a tocar.

— Não atenda — ela ordenou a Naima.

Eu a segui até a sala de jantar, onde Taleb estava sentado.

— O que foi? — perguntou ele.

— Nada — respondeu Mona, e se sentou.

Eu pousei a mão sobre as dela, torcendo para que Mona a apertasse forte.

*

Quando chegou a hora de dormir, por mais que eu insistisse Taleb não quis ficar na minha cama. Mona ficou parada sem dizer nada, assim como Naima, e foi aí que eu entendi que, como o Pai não estava em casa, seria inadequado que

Taleb, um homem solteiro, dormisse no quarto ao lado do de Mona. Naima estendeu um lençol no sofá da sala e levou-lhe um cobertor. Ele se deitou com a roupa que vestia. Sentei no chão ao lado dele. Disse-lhe o que Naima me contara que isso já acontecera antes. Ele pousou a mão sobre a minha cabeça, mas não disse nada.

— Tio Taleb, quando você acha que meu pai vai voltar?
— Não sei.
— Acha que vai demorar muito?
— Não sei.

Comecei a chorar.

— Seu pai é forte — disse ele.

Eu não consegui entender o que aquilo tinha a ver com qualquer coisa.

— Você tem que ser tão forte quanto ele.

E segurou minha mão como se estivéssemos prestes a atravessar a rua.

— Eu estava com ele no hospital quando você nasceu. Nunca tinha visto um sorriso tão grande. Ele me abraçou pelos ombros, quase quebrou meus ossos. E cada prova em que você passava, cada novo esporte que você começava a praticar, ele mencionava nas cartas.

Isso me surpreendeu. Eu sempre havia tido o persistente sentimento de que era uma decepção.

— Para ele, não havia nada que você fizesse de errado. E quando você foi aceito naquele famoso colégio interno inglês, ele me ligou. Estava muito orgulhoso.

Limpei as lágrimas. Minhas pálpebras estavam pesadas. Um instante depois senti a mão dele em meu ombro.

— Vá para a cama.

Depois de escovar os dentes, voltei para lhe perguntar:

— Você tem que ir embora amanhã?

— Tenho. Mas se você precisar de mim, eu volto. — Como eu não me movi, ele disse: — Aqui.

E me entregou um pedaço de papel em que havia anotado, com cuidado e meticulosidade, seu nome completo, telefone e endereço.

Capítulo 23

Na noite seguinte, muito depois de Taleb ter partido para o aeroporto e Naima para seu longo percurso até em casa, ouvi um estrépito no escritório do Pai. Soou como uma noz rachando. Encontrei Mona vasculhando as gavetas, fervendo de impaciência. Cheguei atrás dela, ordenei que me desse os papéis e fechei algumas gavetas, depois parei. Vi o corpo dela se dobrando e se torcendo sob a camisola. Sentei-me na cadeira acolchoada da escrivaninha do Pai. Era grande demais para mim. O encosto, que batia nos ombros dele, ultrapassava minha cabeça. Meu olhar foi cair na capa de chuva dele, pendurada atrás da porta, o tecido esculpindo a forma fantasmagórica de seus ombros. Saí dali. Andei de um lado para o outro pelo corredor e, quando enfim Mona saiu do escritório, cravei os olhos nela. Mona disse, com a voz rígida como um tronco de árvore:

— Não, você não vai fazer isso. Não pode me culpar por isso.

*

Hass ligava todos os dias, tentando reforçar que ainda estava acompanhando o caso junto às autoridades suíças.

— Ontem estive em Berna de novo — dizia ele às vezes, antes de pedir para falar com Mona.

Eu me sentava ao lado dela. Ela me deixava ouvir aquelas ligações, por vezes até feliz de se inclinar levemente para perto de mim. Outras vezes ela apertava forte o telefone contra a orelha e apontava para o maço de cigarros — que nem estava tão longe assim —, pedindo-me para pegá-lo.

A assistente do ministro se recusara a dar uma entrevista para o jornalista da *Tribune de Genève*.

— Disseram que com menos publicidade alcançam-se melhores resultados — contou Hass a Mona. — Claramente estão evitando se envolver em qualquer tipo de conflito internacional — completou.

Ele ainda estava tentando, também, localizar Béatrice Benameur. Ninguém atendia quando ele ligava para o apartamento dela ou discava o número que ela lhe dera.

— Óbvio — disse-lhe Mona. — Ela participou do sequestro.

Hass não respondeu.

*

Muitas vezes, antes de cair no sono, eu ficava deitado no meu quarto, a luz apagada, fantasiando com o dia em que eu encontraria Béatrice Benameur e me vingaria. Ainda me lembro do barulho que fazia meu coração, me mantendo acordado.

O telefone continuava a tocar incessantemente. Depois, com o passar dos dias, foi se tornando silencioso. Parentes e vizinhos que teriam ocupado as cadeiras do hall se o Pai houvesse morrido faziam silêncio ante o desaparecimento dele. Até minhas tias e Taleb pararam de ligar tanto. Um grande vazio começou a preencher o lugar do meu pai. Tornou-se insuportável ouvir seu nome. Devia ser igual para Mona, porque agora também ela quase não o mencionava. Às vezes quase dava para imaginar que ele nunca existira. No entanto, a cada manhã, no instante em que abria os olhos, eu acreditava que ele estava ali, que eu o encontraria sentado à mesa de jantar, segurando no ar uma xícara de café e olhando para baixo, para o jornal dobrado sobre as pernas.

*

Como se esperasse desaparecer a qualquer momento, o Pai redigira um testamento com a meticulosidade de um cirurgião cardiovascular. Nem Mona nem eu sabíamos de sua existência. Fomos encontrá-lo quando conseguimos abrir o cofre que havia num canto do escritório.

Secretamente, eu havia esperado encontrar um bilhete explicando tudo: seu desaparecimento, instruções sobre onde encontrá-lo, instruções sobre como viver. Até me permiti a esperança de que eu leria, finalmente, uma explicação sobre a súbita morte de minha mãe. Em vez disso, porém, encontramos seu testamento, dentro de um envelope selado, com a insígnia de uma oliveira flutuando no papel, as raízes penduradas no ar, realçada no alto da página. Depois que o Pai já não podia voltar para seu país, ele encomendara esse desenho e o estampara em seus documentos.

O testamento, efetivo em caso de "morte ou desaparecimento", deixava para Mona 300 mil libras esterlinas, "a serem quitadas em dez parcelas iguais de 30 mil, pagas anualmente". O resto iria para "meu único filho, Nuri el-Alfi".

Por que ele acrescentara "meu filho único", eu me perguntei. Será que achava que alguém poderia sugerir algo diferente?

Monsieur Charlie Hass, que tinha o original do testamento, seria o "pleno administrador da herança" até que eu completasse 18 anos; ele então "a administraria parcialmente" até que eu fizesse 24, quando enfim eu ficaria "em completo encargo de minha herança". Entre os 18 e os 24 anos, para poder receber minha mesada, eu teria que me dedicar a estudos que me levassem a um doutorado, "em qualquer área exceto administração ou ciência política, porque tanto uma quanto outra se valem de uma formação indireta". Lembro-me de como o Pai costumava dizer: "Um homem não deve ter um emprego até completar sua educação." Ele não podia entender por que algumas famílias abastadas encorajavam seus filhos a trabalhar no verão. "Como um jovem poderá conhecer a si mesmo se lhe exigem que mergulhe no primeiro emprego que lhe oferecem? Humildade não se ganha com humilhação." E assim, de acordo com meu pai, eu não podia ter nenhum tipo de emprego, "voluntário ou remunerado", até os 24 anos, quando então poderia fazer o que me aprouvesse.

*

Escondi no meu armário a sacola plástica que continha os últimos pertences de meu pai. Temia que Mona me perguntasse sobre isso. Não conseguia me imaginar um dia me separando daquelas coisas. Eu não me atrevia a abrir a sacola de novo, mas passava horas com a notícia de jornal, relendo, estudando cada parte da foto, não apenas as feições de Béatrice Benameur, mas também tudo o mais que a imagem continha. Descobri elementos que eu não notara antes. Até que vi algo que me deixou ruminando por dias. Parecia a quina de um berço. Mostrei para Naima.

— Mas isso é uma cadeira, Ustaz Nuri — disse ela, e continuou olhando a foto.

À noite eu já me convencera de que ela tinha razão. Era apenas um xale deixado no encosto de couro de uma cadeira.

*

Há um momento do dia no Cairo em que o sol parece pairar imóvel. Nos dias que se seguiram, eu me sentava ao lado de Mona na mesa de jantar e ficava contemplando a luz evanescente que se refletia no Nilo e que pintava o pescoço dela de um vermelho ardente. De repente a beleza de Mona parecia pesarosa: uma fruta amassando ante meus olhos. O sol caía no horizonte e deixava o rio mudo e cinza. Era difícil, então, imaginar que a luz voltaria algum dia. Uma nuvem manchada de poluição adentrava o céu. Naima aparecia discretamente atrás de nós e acendia as lâmpadas. Só então dava para sentir que se amainavam a dor e a saudade, e era possível se entregar a algum jogo de cartas.

Cartas se tornaram nosso ritual de cada noite. E eu deixava Mona ganhar a maioria das vezes. Ela era horrível em xadrez e gamão, mas no pôquer saía-se razoavelmente bem. Às vezes, quando Mona estava muito inquieta, eu ganhava dela, e ela então se tornava incrivelmente competitiva, pedindo a Naima, que odiava tocar a garrafa, que lhe trouxesse o brandy.

— Não vou deixar esse menino se sair melhor que eu.

O que fazia Naima corar e dizer:

— Que Deus preserve a boa vontade, madame.

Uma dessas noites, depois de Naima ter lavado a louça, colocado a garrafa na mesa com a mão protegida por um pano de prato e partido para a longa jornada até sua casa, eu deixei que Mona ganhasse vários jogos seguidos enquanto ela tomava um quarto da garrafa de brandy. Ela aumentou o volume de uma música inglesa, começou a dançar pela sala e perguntou:

— Você gosta de me olhar, não gosta? — Chegou mais perto e, olhando dentro dos meus olhos, sussurrou: — Você é um garoto estranho. Se eu deixasse, você passava a vida inteira me olhando.

Devo ter enrubescido, porque ela riu; ela riu e eu não soube para onde olhar.

Ela foi para seu quarto. Eu pensei que não a veria mais até de manhã, mas então me chamou. Ela se trocara e agora vestia uma das camisolas curtas de algodão com que costumava dormir. Parecia uma menina numa camiseta de adulto.

— Vista seu pijama e venha me contar uma história — disse ela.

Eu inventei alguma coisa, uma história sobre meu pai. E, embora eu me sentisse culpado de fazer aquilo, excluí qualquer menção à mulher que Mona nunca conhecera, sua rival, minha mãe. Em um dado momento da história, que era sobre uma caminhada que o Pai e eu fizemos pelo oásis de Fayoum, comendo uvas, ela fechou os olhos e sorriu.

— O sol brilhava, mas não estava forte — falei.

Ela assentiu.

A cada inspiração seus mamilos pressionavam o algodão fino. Seus lábios sorridentes resplandeciam sob a luz do abajur. Eu não tinha dúvida. Meu coração trovejava como se estivesse enclausurado. Mas minha coragem só foi bastante para que eu corresse os dedos por meus próprios lábios. Nesse exato instante ela abriu os olhos, que se voltaram intensos para minha boca. Ao contrário do meu, seu corpo não parecia se atrasar em relação aos seus pensamentos. Ela se ergueu e me beijou na boca. O brandy a teria deixado em um estado de sonho? Os lábios que ela beijava seriam os do meu pai? Nunca antes eu soubera que horror e delírio podem ser tão doces e fortes. Ela estendeu o braço e apagou a luz. Senti seus braços me puxando para seu peito, e em seguida o hálito quente de seu suspiro queimou minha testa. Por um momento mudei de ideia. Não havia fogo, e a casa não estava cheia de fumaça, mas eu quis afastá-la de mim, correr para a janela e deixar o ar lavar meus pulmões. Mas permaneci mole e desejoso nos braços dela até que o momento passou e fui tomado pelo sono.

Quando voltei à superfície, descobri que a noite havia feito com que nos apertássemos ainda mais, enredando a coxa nua dela em volta da minha cintura e empurrando minha coxa por entre as pernas dela. Como galhos de uma árvore, cada membro encontrara seu lugar natural. E, embora a vergonha fosse intensa, permanecia distante. Eu me aproximei mais dela, e ela se moveu comigo. Devia ser uma noite nublada, porque as luzes amarelas da cidade se refletiam no céu e invadiam o quarto. Eu vi os olhos dela piscando na débil luz sépia.

Capítulo 24

O sol voltou de vez. Um forte facho de luz infiltrava-se pela janela. Incontáveis fragmentos minúsculos flutuavam no caminho de luz que se formara. Todo dia ele vem, esse sol, recém-nascido e firme. Agradeci a Deus pela manhã. Fiquei deitado imóvel, contendo a respiração, até que Naima tocou a campainha. Mona ergueu-se e sentou-se na beira da cama, passou a mão pelos cabelos, e então virou-se e me olhou. Foi abrir a porta.

Naima nos serviu o café da manhã e desapareceu para limpar os quartos. Só havia uma cama para fazer. Perguntei-me, se confrontados, como explicaríamos aquilo. Ela voltou à sala de jantar e lançou um olhar na direção de Mona.

Eu me senti culpado o dia inteiro. Evitei contato com Mona. Ela, por sua vez, tornou-se maternal, sentando-se na beira da minha cama, perguntando se eu não deveria estar lendo um livro. Então seus olhos recaíram sobre meus dedos.

— Suas unhas estão muito compridas. Espere — disse, e foi buscar o cortador.

Aquela noite fiquei deitado na minha cama rezando para que a morte me levasse. No meio da noite saí andando pelo apartamento, me arrastando por aquela quietude peculiar em que tudo parecia possível: a voz de minha mãe, os passos de meu pai. Decidi que, de manhã, eu sugeriria a

Mona que deixássemos aquele apartamento e fôssemos para Londres ou Genebra ou Alexandria ou até Nordland — qualquer lugar que não aquele.

Fui até ela e a encontrei espalhada de costas na cama, respirando longa e profundamente. Passou-me pela mente o pensamento de estrangulá-la. Mas em seguida eu queria beijá-la, beijá-la tão forte a ponto de lhe roubar todo o ar. Deitei-me do lado dela, mas ela continuou dormindo. Puxei as cobertas sobre nós. Encaixei-me entre suas pernas e ali me encolhi o máximo que pude. Eu estava de lado, minha cabeça perto da virilha dela e meus joelhos colados em meu peito. Ela soltou um murmúrio, mas não se mexeu. Eu podia sentir seu cheiro. E o cheiro me surpreendeu: úmido e pegajoso, como a palma da mão depois de um dia longo e quente andando de bicicleta. Então ela acordou. Era uma noite sem nuvens, mas ainda assim eu podia distinguir seu rosto olhando para mim, indefeso no escuro.

*

Durante o café da manhã, no dia seguinte, eu não conseguia deixar de fitá-la. Ela fazia o que podia para evitar meu olhar, puxando para baixo a saia da camisola. Agora não havia nada de misterioso em seus seios. Os mamilos eram como uvas secas.

Desta vez Naima não estava apenas lançando olhares, mas também colocando e tirando os pratos ruidosamente.

— Qual é o seu problema?

— Isso está errado, Ustaz Nuri. — E em seguida para Mona: — Errado!

Mona recuou, assustada.

Eu nunca ouvira Naima gritar antes. Ela correu para a cozinha, chorando, e eu a ouvi dizer:

— É culpa minha. Me perdoe, Paxá Kamal.

— O que há com ela? — perguntei, e gritei: — Naima!

— Escute — disse Mona, em voz serena.

— Naima, estou chamando você.

— Você tem que respeitar meu desejo, Ustaz — disse Naima, com suavidade, como se eu estivesse ao lado dela na cozinha. A tardia inserção de Ustaz no fim da frase trouxe uma melancolia agressiva que amarrou minha língua e me fez querer correr até ela, beijar suas mãos, implorar por perdão.

— Escute — repetiu Mona.

Eu não conseguia conter as lágrimas.

— Me desculpe, Nuri, me desculpe mesmo. Não passou nem um mês e veja como estou lidando mal com a situação. Eu vou ser melhor, prometo. Decidi voltar para a Inglaterra, para ficar perto de você.

Naima viu que eu estava chorando. Ficou no balcão da cozinha, me olhando.

Mona respirou fundo e de repente pareceu mais velha.

— Vou morar em Londres. Você vai me visitar lá.

— Mas você disse que adorava o interior da Inglaterra.

Seus olhos pestanejavam devagar como portões se fechando. Então, voltando-se para Naima, e em seu árabe precário, ela disse:

— Desta vez não vou fracassar.

— Eu posso ajudar você. Posso ir para alguma escola de Londres. Odeio Daleswick.

Ela balançou a cabeça de novo, tentou sorrir.

*

Depois do café da manhã, fiquei ouvindo-a tomar banho. Em um dado momento ela cantarolou uma música, depois parou. Será que ela havia se curvado para esfregar as canelas ou pensado de repente: silêncio, sua boba; não é o momento de cantar?

Voltei para a mesa, fingindo não ter me levantado. Ela surgiu vestida e perfumada, as chaves do apartamento retinindo no molho em sua mão. Foi até a cozinha e, sem uma palavra, abraçou Naima e deu-lhe dois beijos nas bochechas. Naima instintivamente se curvou e beijou a mão de Mona.

— Precisamos de alguma coisa das lojas? Volto logo — disse ela, e saiu.

Depois de alguns segundos, corri até a porta e a peguei entrando no elevador.

— Aonde você está indo?

Ela estendeu a mão e deteve as portas automáticas.

— Ao médico — ela sussurrou.

– Por quê?

— Não é nada, querido. Só uma dor de cabeça.

*

Fui ao escritório do Pai e senti um pânico ao me sentar em sua poltrona. O lugar parecia intacto. Naima — ou, quem sabe, talvez até Mona — devia ter fechado as gavetas e devolvido cada objeto ao seu lugar. O Pai deixara um livro sobre a escrivaninha, com uma página dobrada como marcação. Eu podia começar no ponto em que ele parara, pensei.

*

Na manhã de minha partida, Naima estava esfregando a porta da geladeira, embora parecesse perfeitamente limpa. Não respondeu quando eu disse bom-dia, e sempre que eu me aproximava seu corpo endurecia. Mona parecia impaciente com o comportamento de Naima. Ela ficava dizendo "Você vai voltar a vê-lo logo", o que até Naima sabia que era mentira.

— Talvez devamos nos despedir agora — disse Mona.

Eu fiquei parado do lado da minha mala. Abdu, ao seu modo modesto e silencioso, surgiu por trás e levou a bagagem sem fazer qualquer ruído.

— Não, não é uma boa ideia — disse Mona em seguida, mais para si mesma.

Naima estava imóvel, com as mãos cheias de sabão agora trançadas juntas. Sua figura parecia rígida e precária como um junco na água. Fui até ela. Ela me abraçou. Não havia nada mais convincente que o abraço de Naima.

Mona e eu nos sentamos atrás no carro. Ela ficou olhando pela janela, e eu fingi fazer o mesmo. Abdu também estava em silêncio. Puxou o cinto de segurança por sobre o peito e me olhou pelo retrovisor. Embora eu não pudesse ver seu rosto inteiro, sabia que ele estava tentando sorrir. Foi nesse instante que ouvimos o apelo ofegante de Naima:

— Esperem.

Ela entrou no carro e sentou-se na frente, e a discussão costumeira teve lugar. Mas desta vez Naima não resistiu por muito tempo. Ela fez o que lhe mandaram e colocou o cinto de segurança. De quando em quando se virava, pegava minha mão e a beijava umas três ou quatro vezes.

No saguão de embarque, as placas de mármore e vidro amplificavam todos os sons.

— Ligue assim que chegar — disse Mona.

— O que vai acontecer com Naima? — perguntei, em inglês.

— Ela vai continuar recebendo o salário dela até vermos o que acontece. E o mesmo vale para Abdu. — E quando identificou uma lágrima surgindo em meu olho, acrescentou: — É melhor assim. Vou visitar você assim que me estabelecer em Londres, se não antes.

E, embora eu reconhecesse ternura em seus modos, me perguntei se aquilo não seria uma punição pelo que acontecera na noite anterior.

Nos abraçamos. Ela se afastou antes de mim, depois tentou desajeitadamente me abraçar de novo.

— Certo, jovem — disse Abdu, e apertamos as mãos.

Naima me abraçou forte demais. Segurou meu rosto em suas mãos. Elas estavam estranhamente frias.

— Prometa que nunca vai me esquecer.

Ela esfregou os punhos, levou uma das mãos ao pescoço e a manteve ali. Virou-se para Abdu, olhando para ele como se esperasse por um resgate.

Na fila, eu podia sentir o olhar deles nas minhas costas, o peso daquele olhar. Percebi um homem fechado em sua partição de vidro, sentado em uma escrivaninha sem nada em cima e olhando para fora pela janela. Atrás dele e mais distante da janela, uma mulher estava sentada em uma cadeira contra a parede. Também ela olhava pela janela. A luz empalidecia seus rostos. Havia uma qualidade delicada na imobilidade deles. Então ela se moveu, pegou dois sanduíches e entregou um a ele. Ela podia ser a mulher dele, ou talvez sua irmã, visitando-o na hora do almoço. O mundo tinha que ser fatiado em horas a preencher, senão se enlouquecia de solidão.

Virei-me e vi que eles haviam ido embora. Filas se estendiam em todas as direções. Senti o cheiro de meu pai: sua pela almiscarada, cálida. Olhei em volta e, mesmo ele não estando ali, o cheiro persistia.

Capítulo 25

Era fim de janeiro, e o inverno estava tão forte quanto na época em que eu partira para a Suíça. Eu tinha ficado fora por apenas seis semanas, mas sentia que uma vida inteira havia se passado. Em Heathrow, precisei me forçar a entrar na estação. Meu coração estava apertado como um nó. E quando embarquei no trem em St. Pancras e a porta se fechou, o pulso voltou a acelerar. Eu não conseguia olhar ninguém nos olhos. Meus dedos estavam gelados, brancos embaixo das unhas. Fiquei vendo os campos passarem rápido. Quando o táxi começou a subir o longo caminho de cascalho que levava ao alojamento do colégio eu vi que, apesar de tudo, nada mudara em Daleswick.

Eu chegara duas semanas atrasado, e me sentia oprimido pela quantidade de matéria de que eu precisava botar em dia. O Sr. Galebraith telefonara ao Cairo no primeiro dia de minha ausência. Mona lhe dissera que eu estava doente. "Uma gripe terrível", eu a ouvira dizer.

— Então é verdade ou você estava só enrolando para vir? — perguntou Alexei.

— Na verdade — falei, sentindo meu coração acelerar —, eu não estava doente. Não conte a ninguém, mas era meu pai. — Como ele não respondeu de imediato, acrescentei: — Mas ele está bem agora.

*

Dois meses depois Mona ligou para dizer que estava em Londres.

— Onde você está hospedada?

— Com uma pessoa amiga, até eu encontrar um lugar.

Perguntei-me se ela teria, na noite alta, confidenciado a essa pessoa inominada o que acontecera entre ela e seu enteado no Cairo.

— Quem é?

— Alguém que eu conheço da universidade.

O que ela disse em seguida pareceu uma tentativa deliberada de mudar de assunto:

— Sinto sua falta. Você está bem? Como anda a escola?

— O que você fez com Naima?

— Tive que dispensá-la.

— E o salário dela?

— Eu tentei mantê-lo, mas ela recusou. Chorosa e orgulhosa. Uma boa alma. Acabei dando o dinheiro a Abdu, que é muito mais pragmático, é claro. Ele vai dar a Naima quando ela estiver menos emotiva.

— Quanto?

— O equivalente a três meses. — Como eu não disse nada, ela acrescentou: — A gente conversa quando eu for aí encontrar você.

*

Alguns dias depois, enquanto eu almoçava, o Sr. Watson, professor de matemática, ziguezagueou até o outro lado do refeitório, onde eu por acaso estava sentado aquele dia, curvou-se e aproximou-se do meu ouvido, fazendo com que todos na mesa comprida erguessem a vista.

— Tem uma visita para você esperando na sala do diretor.

Um sorriso breve e simpático cruzou meu rosto.

Embora eu soubesse quem devia ser a visita, eu não podia resistir a pensar na possibilidade de encontrar na sala do diretor não Mona, mas meu pai, diferente, talvez mais magro, menos seguro, mais velho e, embora fosse um dia perfeitamente ensolarado, usando a mesma capa de chuva que estava pendurada atrás da porta de seu escritório. O desejo de me agarrar a essa esperança, aliado à possibilidade de encontrar um homem mudado, não acelerava meus passos; eu andava devagar, roçando a mão nas paredes cobertas de madeira.

Abriu-se a porta do diretor. Pude vê-lo sentado atrás de sua escrivaninha, sua figura obscurecida pelas grandes janelas de cada lado, encarando alguém fora do meu campo de visão. Quando entrei na sala vi que, do lado oposto da escrivaninha, a uns 2 metros dele, longe o suficiente para nada do que dissessem corresse o risco de ser ouvido por quem passasse lá fora, estava Mona, sentada. A luz do sol que se derramava por uma das janelas pousava no chão acarpetado justo antes da cadeira dela, mas de alguma forma as pontas de seus cabelos pareciam reluzir sob aquela luz. O diretor mexeu a cabeça. Mona se virou. E sorriu. Agora eu podia ver o Sr. Galebraith, debruçado sobre uma estante de livros a um canto. Sua gravata estava afrouxada no colarinho apertado. Ele parecia preocupado.

— Entre — disse o diretor.

Foi o que fiz; e, quando estava a um passo ou dois de Mona, ouvi o Sr. Galebraith fechar a porta.

Eu não queria abraçar Mona na frente daqueles dois homens. Estendi a mão e ela me beijou nas duas bochechas. Detectei um novo perfume.

A atmosfera de alguma forma confirmava que ela lhes contara alguma coisa, mas eu não sabia precisamente o quê.

Teria lhes contado a verdade, que meu pai e guardião legal havia sido sequestrado por seus adversários políticos quando estava na cama com uma mulher suíça que nenhum de nós dois conhecia? Ou teria inventado alguma coisa, algo simples e ordeiro para aqueles ingleses? Teria ela dito, por exemplo, que ele caíra terrivelmente doente, entrara em coma, e que os médicos estavam pessimistas? Ou que ele morrera? Teria ele morrido? Será que ela ouvira alguma coisa nessa linha? O silêncio continuado e o modo como todos eles me olhavam parecia confirmar que os três sabiam algo que eu desconhecia.

De repente, o Sr. Galebraith me encarava. Não devia estar a mais que um braço de distância. Seus olhos se suavizaram. A transformação era tão sutil quanto misteriosa.

— Sinto muito, meu chapa — disse ele.

Ele nunca antes havia me chamado assim.

— Sua madrasta acaba de nos contar — disse o diretor. — Devo dizer que, embora você devesse ter nos informado antes, eu admiro sua discrição. E, à luz disso, todos concordamos que, além do Sr. Galebraith e de mim, ninguém mais precisa saber. Estamos determinados a cuidar de seus estudos e de sua posição entre seus pares. A educação deve continuar mesmo no mais sombrio dos tempos.

Ele se levantou e, assim como fizera o Sr. Galebraith, aproximou-se e parou na minha frente.

— Não faz muito tempo, homens distintos como você frequentaram este colégio enquanto a nação ia à guerra.

Por um instante muito breve, ele deixou sua mão descansar em meu ombro.

— Estamos esperançosos, é claro. Mas nesse meio-tempo a Sra. el-Alfi atuará como sua guardiã legal.

Capítulo 26

Pouco depois de meu pai desaparecer, *monsieur* Charlie Hass começou a trocar comigo uma correspondência regular muito formal e disciplinada, atendo-se à questão que nos ligava: minha herança. Mas em uma das cartas, cerca de um ano depois do desaparecimento, ele se desviou da linha de negócios habitual e expressou uma sentimentalidade crua que me deixou perplexo. A carta não veio na forma de declaração bancária trimestral ou de cobrança de seus honorários, mas escrita de seu próprio punho, em uma letra apressada e quase exasperada que cobria ambos os lados de uma folha A5 de caderno com a borda rasgada e perfurada. Começava assim: "Venho pensando em você e em como deve estar se sentindo. É terrível, simplesmente terrível. Seu pai era um homem excelente."

Senti uma raiva mesclada de ciúme pelo fato de ele se referir ao meu pai no pretérito, como se soubesse mais que eu, e não apenas sobre sua pessoa, mas também sobre o que podia ter lhe acontecido.

"E como se poderia esperar que você soubesse tudo o que ele era e fazia, as pessoas que conhecia, as pessoas que o amavam? Mas saiba uma coisa: ele o amava muito. Se precisa de prova, veja como ele planejou com dedicação o seu futuro."

Ele terminava com: "Peço perdão por estar lhe escrevendo assim, mas me senti compelido." E assinava seu nome.

Já passava bastante da meia-noite quando, algumas semanas depois de eu receber a carta, o Sr. Galebraith veio me acordar.

— El-Alfi — sussurrou ele, seu perfil escuro contra a luz do corredor. — Telefone. De Genebra. É o Sr. Hass. Diz que é o advogado da família. Diz que é importante.

Meu pai foi encontrado, pensei. Por que outra razão um advogado suíço ligaria àquela hora? Não cheguei a correr, mas mal me contive ao lado do Sr. Galebraith. O telefone ficava longe, do outro lado do térreo da velha mansão, em um corredor bolorento pavimentado com pedras York gastas e já descolando do chão. Apertei o fone frio contra o ouvido e esperei até que o Sr. Galebraith chegasse ao fim do corredor em seu caminho de volta.

— Alô?
— É o *monsieur* Nuri?
— Sim.
— Ah, me desculpe, eu o acordei? Só queria ter certeza de que você estava bem. Você não respondeu à minha carta.

Eu não disse nada.

— Alguém foi aí visitá-lo, fazendo perguntas, perturbando você?
— Não. Quem faria isso?
— Tem certeza? Você sabe que pode me contar se tiver ocorrido algo assim.
— Sr. Hass, não sei do que está falando.
— Nesse caso, muito bem. Se qualquer coisa desse tipo acontecer, ligue para mim imediatamente.

*

Nem o Sr. Galebraith nem o diretor trouxeram à tona o assunto. E eu não mencionei o desaparecimento de meu pai a ninguém. Aquilo se tornou o meu segredo.

Algumas noites, deitado no escuro depois de as luzes se apagarem, cheguei perto de contar a Alexei, mas não soube que palavras usar. Eu não sabia como nomear o que se passara: sequestro, abdução, roubo? Nenhum desses termos parecia certo. E como eu responderia às perguntas que decerto se seguiriam — por que, quem e como, e se não havia alguma coisa que eu pudesse fazer.

Em março, três meses depois de isso acontecer, fui fazer uma longa caminhada pelas montanhas. Botões de flor em suas cascas aveludadas pendiam da ponta dos galhos. Tudo estava prestes a mudar. Pela primeira vez desde que eu chegara a Daleswick, o sol inglês aquecia minha pele. Eu havia errado, pensei; deveria ter contado a Alexei. Imaginei-nos andando pelo bosque e subindo a íngreme montanha. Ali, nos sentaríamos em uma pedra e ficaríamos olhando as montanhas que se alongavam e desvaneciam na distância. Identificaríamos a casa onde nos hospedávamos, tão pequena que a cobriríamos com nosso polegar. E dessa vez subiríamos até ali não pelo cigarro e pela vodca, e não para que ele me contasse como era sua vida na Alemanha, mas para discutir um assunto de máxima importância. Eu não podia esperar mais. Como era ridículo que eu tivesse demorado tanto, disse a mim mesmo. O choque e a angústia infligidos pela perda súbita e ainda ambígua do meu pai eram um peso em meu peito. Nunca estivera tão pesado. Eu queria rolar esse peso para o colo de um amigo de confiança que pudesse me ajudar a lhe dar algum sentido. Apressei-me em voltar.

Eu não conseguia encontrá-lo em nenhum lugar. Então, justo quando comecei a me perguntar se aquilo não seria um sinal, encontrei-o na sala comum assistindo às notícias. Sentei-me do lado oposto, recuperando o fôlego. Sendo ao lado da biblioteca, essa era a única sala onde a conversa não era encorajada. Esperei que ele olhasse na minha direção para, com um gesto, fazê-lo sair dali comigo. Comecei a prestar atenção na notícia que prendia a atenção dele. Uma mãe havia perdido seu filho quando ele estava brincando no jardim. Quando ela erguera os olhos da pia da cozinha, ele já não estava mais lá. A câmera deu um zoom no rosto dela, que tentava responder às perguntas do repórter. Era perturbador testemunhar tal intrusão no sofrimento de outro. Era como se a câmera se deleitasse com a vergonha da mulher. Fiquei me perguntando o que Alexei achava daquilo.

— Como você pôde perder o seu filho? — gritou um garoto, e foi silenciado.

Alexei continuou encarando a tela.

— Idiota — disse ele suavemente.

Eu não sabia se ele se referia à mulher na TV ou ao garoto que acabara de falar. E como ninguém se virou para ele e lhe pediu silêncio, eu me convenci de que ele se referia ao garoto. Mas então Alexei arremeteu o queixo para a frente em direção à televisão, levantou-se e saiu da sala. Eu observei a poltrona de couro em que ele estava sentado encher-se de ar.

Não teria problema, raciocinei, postergar mais alguns dias.

Permaneci agitado, indeciso quanto a lhe contar ou não, e no auge do meu desespero eu sentia o suor acumular-se em meu peito. Uma noite, uma tempestade tomou conta das árvores que ficavam em frente à janela do nosso dormitório. Fiquei olhando através do vidro. As coisas indefesas se sacudiam de um lado para o outro sob a luz elétrica. Os ratos no sótão corriam de um lado para o outro. O vento gemia e assobiava através da janela. A chuva, que vinha e caía em jatos, era como mil unhas batendo contra o vidro.

— Não é nada, vá dormir — disse Alexei quando ouviu as tábuas do piso rangendo.

Quando voltei a acordar, o mundo era um lugar calmo. As folhas tinham que suportar nada mais que uma leve brisa. Em sua imobilidade, pareciam exaustas. As árvores do perímetro do bosque ou haviam caído ou se partido em duas. Alexei dormia profundamente. Ele dormira durante toda a tempestade. Algo naquilo me surpreendia muito. Que conforto permitia tal confiança no mundo?

A imobilidade daquela manhã parecia confirmar meu velho instinto de não contar a Alexei sobre meu pai. Consegui me decidir: eu guardaria aquilo para mim. Eu não toleraria a inquietação de outra pessoa, ou pior, muito pior, vê-lo fascinado, entretido pela estranheza do que acontecera. Como um menino alemão feliz com pais felizes poderia entender aquilo?

Capítulo 27

Alguns meses depois, Alexei entrou correndo no quarto que compartilhávamos em Daleswick com uma folha branca de papel tremendo na mão. Eu peguei a carta, mas estava em alemão.

— Ofereceram um emprego para o meu pai em Düsseldorf. Ele aceitou. Annalisa não consegue acreditar na sorte que teve. Ela vai passar a frequentar uma escola normal e eu vou fazer meu último ano lá. Vamos ficar todos juntos de novo.

Ele lançou os braços ao redor de mim. Tentei retribuir o abraço.

— Não se preocupe, vamos passar os verões juntos.

Em pouco tempo era seu último dia na escola. Antes mesmo de ir dormir ele já empacotara suas roupas, livros e discos. Alexei me deixaria a *Sonata para Violoncelo em Sol Menor* de Rachmaninoff, porque era a coisa mais bonita que eu já havia ouvido. Prometemos manter contato.

Seus pais e Annalisa viriam buscá-lo. Ele parecia nervoso. Soube que estava me procurando. Ele me puxou de lado.

— Por favor, não diga nada se notar algo de incomum na minha mãe.

Fui até a janela quando ouvi um carro vindo pelo caminho de cascalho. Alexei correu para os braços do pai. Annalisa mantinha as mãos juntas, esperando com paciência de um lado, até que ela também o abraçou. Ela não o soltou mesmo depois que ele deixou os braços caírem. Ele riu e voltou a abraçá-la. Em seguida veio a mãe dele, equilibrando-se com a ajuda de uma bengala. Ele foi cuidadoso com ela, abraçou-a com suavidade e deixou a orelha descansar levemente sobre seu ombro. Por alguns segundos ninguém se moveu. Quando ele a soltou, ela apoiou a bengala na cintura e gesticulou rápido com as mãos. Ele assentiu com a cabeça e disse algo em alemão, bem alto, como se estivesse se dirigindo a alguém escondido entre as árvores do bosque. Ele olhou para trás, e eu senti que era o momento de aparecer. Eu estava plenamente consciente do barulho alto de meus pés em contato com o cascalho. Sua mãe foi a única que não falou quando eu me aproximei para apertar sua mão. Entendi, então, a razão da ansiedade de Alexei e por que seus olhos haviam se enchido de lágrimas naquela vez que ele mencionara quanto sentia falta de ouvir a mãe cantando. Sua mãe, a cantora, havia perdido completamente a voz.

*

Nos meus últimos dias no Cairo, antes de eu voltar às aulas, Taleb telefonava quase todos os dias. Primeiro trocava algumas palavras com Naima, depois pedia para falar comigo.

— Como vai nosso jovem Paxá? — perguntava ele.

Em geral ele parecia animado. Falava sobre o tempo ou sobre algum filme a que assistira na noite anterior. Era um exagerado: tudo era ou fantástico ou terrível. Agora me pergunto se sua tendência ao exagero não era uma tela atrás da qual ele escondia suas ansiedades, pois mesmo naquela época eu sentia que Taleb não apenas se preocupava comigo, mas se sentia de algum modo responsável pelo que havia acontecido com meu pai. Eu entendia isso porque também me sentia responsável.

No fim de janeiro, quando voltei a Daleswick, quase 15 dias depois de as aulas começarem, ele passou a ligar todo domingo. Também me visitava várias vezes. Essas visitas significavam muito para mim, porque Taleb não falava inglês e parecia em todos os aspectos detestar a Inglaterra.

Contei a ele sobre a ligação de Hass. Ele me ouviu e em seguida me perguntou se alguém teria me abordado perguntando qualquer coisa.

— Alguém como quem?

— Alguém como alguém — disse ele. Como eu não respondi, ele acrescentou: — Se isso acontecer, você me liga, entendeu?

— OK — falei, mesmo não fazendo ideia do que ele queria dizer.

Ele sempre me perguntava quando eu havia visto Mona pela última vez.

"Recentemente", eu respondia. Ou "Na semana passada", se ele me pressionava por uma data precisa, mesmo que na verdade eu só a visse a cada quatro ou cinco semanas, quando ela aparecia para passar apenas uma tarde.

— Bom, bom — dizia Taleb. — Ela é uma boa mulher. E Naima, você ligou para ela?

— Não. Por quê?

— Deveria ligar de vez em quando.

— Por quê?

— É seu dever.

Algumas semanas depois, ele voltou a ligar:

— Telefonou para Naima?

— Não.
— Eu não lhe disse para telefonar? Você tem que telefonar para ela. Não pode perder contato com ela. Ela é muito importante.
— Mas eu não tenho o número dela.
— Como assim não tem o número?
— Preciso ir.
— Espere. Vou ligar de volta para lhe passar o número dela. Não saia daí. Cinco minutos.

Eu esperei ao lado do telefone por 15 minutos, e então fui embora. No dia seguinte o Sr. Galebraith veio avisar que estavam me ligando.

— Naima não tem telefone, mas este é o número do vizinho, um mecânico. Ele vai chamá-la. Vai ter que esperar um tempo. Seja paciente.

Taleb leu o número para mim e me pediu para lê-lo para ele.

— Ligue agora. E, escute, de agora em diante ligue toda semana.
— Toda semana?
— Bom, pelo menos uma vez por mês.

Liguei para o mecânico, mas depois de esperar mais de três minutos desliguei.

Uma semana depois liguei de novo:
— Não me faça ir buscá-la de novo para você desligar antes — disse o mecânico.
— Mas estou ligando da Inglaterra; é caro.
— Então desligue e ligue de novo em 15 minutos.

Depois de dez minutos, disquei novamente.
— Ele é esperto — ouvi o mecânico dizer a ela.
— Mas é ele? — perguntou Naima.

Assim que ouviu minha voz, ela ficou em silêncio. Só quando voltou a falar percebi que estava chorando. Ela me implorou que ligasse de novo, com frequência.

— Que dia é hoje? — perguntou, e repetiu a mesma pergunta para o mecânico.

— Domingo — eu o ouvi responder.

— Domingo? — disse ela, e em seguida para mim: — Estarei aqui, ao lado do telefone, todo domingo, por volta desta hora, para o caso de você quiser ligar. — Como eu não disse nada, ela acrescentou: — Prometo que da próxima vez não vou chorar.

Não voltei a ligar.

Capítulo 28

Eu tinha 17 anos nessa época, e aperfeiçoara a arte de encaixar algum tipo de atividade em cada intervalo do calendário escolar. Para minha sorte, Daleswick era conhecida pelas várias viagens que oferecia e, embora não fosse comum um aluno fazer isto o ano inteiro, os estudantes às vezes escolhiam viajar juntos na Páscoa, no Natal ou nas férias de verão, em vez de voltar para casa. Fazíamos caminhadas, velejávamos, íamos a festivais de música e teatro; trabalhávamos em instituições de caridade e algumas de nossas viagens tinham o único propósito de ver um edifício importante ou um museu, às vezes um único quadro ou escultura. De repente meu tempo se tornara precioso. Lembro-me de tardes em que eu corria para o meu quarto para emplacar meia hora de leitura antes do jantar. Sentia-me grato ao meu bom pai por ter escolhido Daleswick e financiado o que eu sabia ser uma educação dispendiosa e, em última instância, uma distração.

Tudo isso significava que eu raramente precisava visitar Mona. Ela, por outro lado, de vez em quando pegava o trem no sábado e alugava um quarto em uma pousada no vilarejo. Ia me buscar de táxi e me levava para almoçar. Eu havia perdido o velho tremor. Um portão se fechara. E ela sentia, porque se reclinava para a frente mais do que costumava fazer e falava mais do que nunca.

Uma garçonete uma vez perguntou se éramos mãe e filho. Eu a deixei responder.

— Sim — disse Mona, mas assim que o pronunciou suas bochechas ficaram vermelhas.

Uma vez ela telefonou e insistiu em que eu fosse passar o fim de semana com ela. Peguei o trem na tarde de sexta e cheguei a Londres quando já estava escuro. O país sombrio dera lugar a uma cidade triunfante. Uma chuva constante caía e reluzia prateada às luzes dos postes. Eu parava e me abrigava sob a marquise das lojas, prática que até então eu enxergava como excentricidade dos britânicos. Mas lá estava eu, aninhado entre eles: figuras agasalhadas debaixo de um toldo pouco protetor, olhando para a rua. De quando em quando um vento desviava as linhas de chuva. Nenhum de nós dizia uma palavra. Dávamos um jeito de nossos olhos não se cruzarem. Se isso chegava a acontecer, rapidamente virávamos o rosto sem um sorriso ou um aceno de cabeça. Olhando para nós, alguém poderia pensar que estávamos evitando a vida que nos aguardava em casa. Então, sem explicação, decerto sem que a chuva houvesse parado, um de nós puxava para cima a gola de suas roupas e seguia bravamente pela calçada.

Enfim localizei o endereço em Little Venice. Parei do lado oposto do canal, onde fiquei contemplando as janelas iluminadas. Só quando toquei o interfone é que notei quanto eu estava molhado.

— Entre — ouvi uma voz dizer, e a porta se abriu automaticamente.

Ela me deu dois beijos nas bochechas, e sorriu. Mas havia algo errado. Ela estava com pressa, inquieta. Um velho disco de jazz tocava um pouco alto demais. Eu nunca soubera que ela gostava desse tipo de música. Então vi o casaco de couro de um homem no encosto de uma das cadeiras da cozinha. Ela foi buscar um copo, olhou o interior do forno e o fechou com estrépito.

— O que quer beber? — perguntou ela, sem me olhar.

Ouvi o barulho de uma descarga, uma porta se abrir e alguém sair, assobiando desafinado.

— Toby, Nuri. Nuri, Toby — foi toda a apresentação de Mona.

Eu me levantei e apertei a mão do homem.

— Ouvi muito sobre você — disse ele.

Eu olhei para Mona, e ela desviou o rosto.

— Finalmente Crumb achou seguro que nos conhecêssemos.

— Toby, comporte-se.

— Só estou contente de enfim conhecer alguém de sua odisseia egípcia — disse ele a Mona. — Estávamos nos perguntando se ela teria nos desertado.

Depois de um silêncio constrangedor, perguntei:

— Crumb?

Ela corou.

— Entendi — disse ele. — Escondendo dos seus amigos sofisticados. — E em seguida acrescentou, para mim: — É o apelido dela, desde criança.

Ele parecia satisfeito, sorrindo com seus olhos sagazes voltados para mim.

— Como vai a escola?

— Eu adoro — falei, e não pude evitar lançar um outro olhar para Mona.

— Excelente — disse Toby.

— Ele odeia — disse Mona.

— Não acredite nela — falei. — Estou me divertindo como nunca. De verdade.

— É melhor que a cidade — disse ele. — Eu trabalho em finanças.

— E em que odisseia você e Mona se conheceram?

— Gostei dele — disse Toby a ela, e riu. — Na universidade; nos conhecemos na universidade. Muitas luas atrás. Provavelmente antes da sua época.

— Como era Mona?

Toby estava ávido para me contar. Inclinou-se para a frente e estava prestes a falar quando a ouviu gritar:

— Chega.

Toby se virou para ela, mas ela estava olhando para mim. Um silêncio espesso como areia caiu sobre nós. De repente a música parecia muito alta, e Mona deve ter pensado o mesmo, porque foi até o som e o desligou.

— Não se preocupe — disse Toby. — Não vou envergonhar você.

— Você já me envergonhou — balbuciou ela, e eu fingi não ter ouvido aquilo.

— Ela era, como infelizmente continua sendo, um verdadeiro pé no saco.

Ela arremessou um pano de prato nele e cobriu a própria boca.

— Mas, mas — ele ria — apesar disso era uma estudante dedicada. — Tirou o pano de prato do ombro. — Estou muito feliz de tê-la de volta.

Eu me levantei com tanta violência que a cadeira caiu contra a parede atrás de mim. Sem saber o que fazer ou como explicar meu movimento abrupto, olhei para o velho relógio de pulso do meu pai.

— Me desculpe, de verdade... Eu tenho que...

Pendurei a mala no ombro.

— Aonde você vai? — perguntou ela.

Tentei não encará-la por muito tempo: como pareciam envergonhados e perdidos seus olhos, escuros e pequenos.

— Já estou atrasado.

— Para quê?

— Prometi a um amigo do colégio que dormiria na casa dele.

— Mas você... o jantar? — disse ela.

— Me desculpe.

— Mas quando você volta?

— Amanhã. Com certeza.

Agora eu estava ganhando; sentia que estava ganhando.

— Mas você não pode ir embora assim. E quem é esse amigo, afinal?

— Alexei — falei.

— Mas ele não saiu do colégio?

— Está em Londres, a passeio.

— Me passe o número dele. Preciso saber como entrar em contato com você.

— Não tenho aqui. Ligo assim que chegar lá.

Toby passou o braço em volta dela e disse:

— Ele não é uma criança.

Eles me acompanharam até a porta e ficaram esperando comigo o elevador chegar. Eu olhava para os meus próprios sapatos. Eu sabia que ela sabia que eu estava mentindo, que não havia nenhum amigo me esperando e que, mais que tudo, eu queria criar uma expectativa, queria que esperassem por mim, que me dessem as boas-vindas. Agora o silêncio dela parecia um desafio. Eu não posso voltar atrás, disse a mim mesmo. Tenho que provar para ela que sou capaz de fazer isso. Lágrimas tomaram meus olhos. Fixei o olhar na porta do elevador e rezei para que nenhum dos dois pousasse a mão no meu ombro. O elevador chegou e eu entrei rápido. Depois que as portas se fecharam, eu a ouvi dizer:

— Ligue assim que chegar.

E, simples assim, eu voltava para a noite. A chuva parara, mas o ar estava mais frio. A umidade havia entrado no meu casaco. Eu tremia e dizia a mim mesmo que não era medo. Estava sozinho em Londres, mas podia pagar um hotel. Afinal, é o que as pessoas fazem, eu disse a mim mesmo, quando não têm onde ficar. E eu tinha experiência. Não havia incontáveis vezes ido com meu pai até a recepção de um hotel em uma cidade estrangeira? Eu me lembrava de como ele costumava falar: "Tenho uma reserva." E embora eu não tivesse reserva, me confortava imaginando-o ali, ao meu lado, apenas fora de vista, à esquerda.

Encontrei um hotel mais rápido do que imaginara, na mesma rua, talvez a seis ou sete portas depois do edifício de Toby, de frente para o mesmo canal. Apertei o cachecol para esconder a gravata da escola. Com toda a confiança que podia amealhar, me aproximei da recepção e pousei a mala devagar.

— Gostaria de um quarto, por favor. Não tenho reserva.

Ele lançou um olhar para trás de mim.

— Individual — falei, e, embora seu rosto permanecesse incerto, ele sacou um formulário e preencheu meu cadastro.

— Tem preferência por algum andar? — perguntou.

Eu não sabia, e podia sentir que começava a suar. Então me lembrei do andar em que ela vivia e disse:

— O quarto.

Ele pediu um adiantamento, e era metade do dinheiro que eu tinha. Mais cedo naquele dia, ao passar no banco, eu havia imaginado que iríamos ao Clarisse's comer fondue e em seguida ao cinema, por isso sacara metade da minha mesada.

Sentei-me junto à janela no quarto escuro e fiquei assistindo à luz dos postes brincar na água. Aquilo não era o Cairo, e o canal estreito com certeza não era o Nilo, mas tentei imaginar viver ali, ver aquela paisagem todo dia. Então percebi que estava tremendo. O frio havia alcançado meus ossos, tocado neles. A mãe costumava me preparar banho de banheira no inverno. Era isso o que eu tinha que fazer para acabar com o tremor, eu disse a mim mesmo. Fiquei deitado na banheira até a água quente esfriar.

Deixei a luz do banheiro acesa e me enfiei sob os lençóis frios. A cada vez que eu ouvia alguém subindo as escadas meu coração disparava. Eu tinha certeza de que os passos vinham à minha porta, e só depois que passavam eu voltava a respirar. Em um dado momento me convenci de que uma das vozes que se aproximavam era de Toby. E quando a mulher ao lado dele respondeu e não pareceu Mona, argumentei que talvez fosse assim que ela falava com ele, que, assim como reservava um determinado tom de voz para meu pai, talvez tivesse também um especialmente para Toby.

No dia seguinte uma febre se apoderou de mim. Às 11 horas o recepcionista ligou para perguntar se eu pretendia ficar mais uma noite. "Sim", respondi, e isso foi tudo. Uma hora depois pedi sopa e chá, e o recepcionista hesitou antes de dizer:

— Verei o que posso fazer.

O homem que me entregou o pedido ficou olhando o quarto enquanto eu contava o dinheiro. No início da tarde eu já estava de novo envolto em meu casaco descendo a escada. Andei até o prédio de Mona e toquei o interfone. Ela atendeu rápido.

— Sou eu — falei.

— Por onde você andou? — ela disse, e abriu a porta pelo sistema eletrônico.

Quando saí do elevador, encontrei-a esperando.

— Por onde você andou? — perguntou de novo, e entrou no apartamento. — Fiquei muito preocupada com você.

— Mas eu disse que ia ficar com um amigo.

— Sim, e disse que ia ligar. Você me deu um susto. E se alguma coisa acontecesse? Onde está sua mala?

— No hotel.

— Que hotel?

— O hotel em que eu fiquei, com Alexei. Aqui, nesta mesma rua.

O rosto dela mudou. Lágrimas apareceram, e ela abriu os braços e veio na minha direção. Ela me segurou por alguns segundos e disse "Venha, vamos", e fomos andando até o hotel. Fiquei aliviado quando soube que ela esperaria lá embaixo. Não queria que ela visse o quarto, a cama desarrumada. Ela pagou o recepcionista, e enquanto voltávamos para seu prédio ela me entregou o adiantamento, e correu os dedos por meus cabelos.

Nenhum de nós dois mencionou Toby. Eu não voltei a visitá-la até o verão anterior ao meu último ano em Daleswick, e apenas por uma noite, quando estava a caminho de Heathrow e da Tanzânia, onde eu e meus colegas passaríamos alguns meses ajudando a construir um orfanato. Mandei a ela um postal em que escrevi que nunca me sentira tão em casa quanto na Tanzânia. Contei de uma visita que havíamos feito à universidade de Dar es Salaam. Lembrei a ela que só me faltava um ano para ir para a universidade e que ainda estava indeciso quanto a qual instituição ir. Mas quando escreveu de volta, ela não comentou isso; não disse nada que indicasse um desejo de que eu permanecesse na Inglaterra.

Capítulo 29

No fim, escolhi uma universidade em Londres. Consegui um apartamento em Holland Park, não muito longe de Little Venice, mas também não perto o bastante para me acusarem de estar me intrometendo.

De vez em quando eu encontrava Mona. Em geral esses encontros começavam iguais. Eu ia ao apartamento dela e a via perambular com nervosismo por alguns segundos antes de pegar a bolsa e as chaves e dizer "OK, vamos". Andávamos ao longo do canal e nos sentávamos em um pub próximo chamado Bridge House. Eu me sentia observado, e suspeitava de que ela também.

— O que meu pai lhe contava sobre o trabalho dele?
— Você sabe que ele nunca falava sobre isso.
— Mas ele tem que ter lhe contado alguma coisa.
— Seu pai tinha um dom para segredos. Seu ato final é prova disso. — E, depois de um longo silêncio, acrescentou:
— Ele tinha uma fixação por aquele país. Uma obsessão.
— Era uma causa nobre — falei, porque não gostava da palavra obsessão. — Ele era muito corajoso.
— Sim — disse ela. A concordância era genuína; passava por ela com uma doçura especial.

Às vezes eu lhe pedia para recapitular certos detalhes de nossa estada na Suíça, um país ao qual eu não retornara desde o desaparecimento do Pai; até onde eu sabia, ela também não.

— Me conte de novo o que disse o policial.

Ela se irritava:
— Bem, você estava lá, não?
— Quem foi que ligou para o nosso quarto? Você lembra? Depois de Hydar e Taleb?
— Ninguém ligou.
— Ligaram sim. E acho que, em Atenas, você usou o telefone de novo.
— Atenas?
— Sim, nós fizemos uma conexão lá.
— Não lembro. Tudo se passou em meio ao pânico.

*

Eu mantinha um pequeno círculo de amigos, a maioria da universidade, com os quais compartilhava o que eu imaginava que alguns irmãos compartilham: uma cálida aliança que ainda garantia a distância necessária. Íamos a concertos, comíamos em restaurantes, ligávamos uns para os outros nos aniversários. Eles pareciam bastante satisfeitos com o evidenciado pouco que eu era capaz de dar. Não sabiam muito sobre mim, exceto que eu vinha do Egito — o que já era inverídico. Um certo tipo de temperamento inglês me era conveniente, porque eu nunca fui muito dado a confissões. Eu não me vestia com tanto cuidado quanto meu pai, mas evitava a casualidade deliberada da moda da época. Quando convidado para jantar na casa de alguém, eu fazia questão de que meus presentes fossem moderados: nem simples nem entusiásticos demais. Eu nunca professava qualquer opinião forte ou inflexível, a não ser que fosse a única maneira de não me destacar. E sempre que alguém dizia algo sobre quanto os ingleses eram racistas ou expressava, de maneira sutil, alguma autossatisfação com o fato de contar entre seus amigos com um árabe de pele escura, eu simplesmente fingia — como se costuma fazer quando alguma pessoa mais velha solta um peido ruidoso — que não tinha ouvido.

De vez em quando eu me envolvia com alguma garota, mas a cada vez que fazia sexo a velha culpa que eu sentira naquela noite com Mona tantos anos antes não se tornava mais leve, chegando até a piorar. Lembro-me de uma mulher — Katherine era o nome dela, uma arquiteta — que me perguntou por que havia lágrimas nos meus olhos. Envergonhado, eu não disse nada, torcendo para que ela as tomasse por emoções de amantes. A maior parte das vezes essas crises de culpa se manifestavam em uma indiferença fria que deixava a mulher — em geral ainda nua nesse momento — ofendida ou perplexa, em ambos os casos exigindo uma explicação. Na manhã seguinte, eu sentia a necessidade de ligar para Mona. Tentando soar casual, eu lhe contava de uma nova peça que havia visto, um novo restaurante que descobrira. Às vezes me via até dizendo algo como "Acho que você e Toby iam gostar".

*

Eu tinha 24 anos e havia completado o doutorado em história da arte quando, de acordo com as regras do testamento de meu pai, me tornei livre para fazer o que me aprouvesse. Os papéis que *monsieur* Hass enviou uma semana depois do meu aniversário o confirmavam: declaravam que eu agora tinha pleno controle sobre minha herança. As opções de onde e como viver pareciam infinitas. Eu não encontrava nenhum conforto nisso.

Comecei a sentir que eu vinha negligenciando meu pai. Eu o via esperando em uma sala sem janelas. Vivia obcecado com o que eu podia fazer para encontrá-lo. Sonhava com ele com frequência.

Em um dos sonhos estou sentado num banco, sabendo que ele virá. De repente ele está ao meu lado. Não sei como, mas temos a mesma idade. Há algo de trágico nesse fato. Ele está em silêncio. Ele está desconfiado de mim. Talvez, eu desejo de dentro do sonho, um dia eu consiga acalmá-lo. Nesses sonhos eu sou sempre o falante, como um nervoso passageiro de trem. Ele mal me olha. A cada vez que o vejo, noto algo mais que mudou nele: o ritmo de sua respiração, a forma como um colarinho não passado se dobra em volta de seu pescoço. Ele pousa a mão nas minhas costas, entre as omoplatas, e o calor de sua pele me incomoda, mas eu não digo nada. Outra vez ele tem fome. Eu parto pedaços de queijo em meu colo e o alimento com minha mão. Em outro sonho ele me diz:

— Eu queria ter mais mundo no mundo.

Quando pergunto o que ele quer dizer, se ele quer dizer que desejava mais filhos, ele não responde nada. Quero saber como confortá-lo. Então ele diz:

— Ela sussurra em meu ouvido de vez em quando. — E eu sei que ele se refere a minha mãe. — A voz dela. O hálito quente dela no meu ouvido, pelo meu pescoço.

Suas faces ficam vermelhas, como as de um jovem, como o rosto dele na foto que eu tenho guardada, tirada pela minha mãe, quando tinham acabado de se casar. Ele toca meu braço, e eu penso, contente, que nos tornamos amigos.

Então uma lágrima que escorrera pela lateral do meu rosto caía dentro do meu ouvido e eu acordava.

*

Certa manhã, arrumei uma pequena mala e fui para Genebra.

Deixei a mala em um hotel chamado Eden e saí vagando pelas ruas. Fazia dez anos desde a última vez que eu estivera na cidade. Fazia sol, mas, embora fosse de tarde, ele brilhava tão pálido como um sol do início da manhã. Eu estava andando pela Grand Rue quando comecei a me sentir relaxado. A mudança de humor era tão inexplicável quanto maravilhosa.

Ao cair da noite localizei a rua, rua Monnier, em que supostamente morava Béatrice Benameur. O nome da rua havia se fixado em minha memória desde aquele dia de dezembro, dez anos antes, em que Hass tentara nos apresentar àquela misteriosa mulher suíça. Não teria sido estranho se a rua parecesse menor — como costumam parecer tantos lugares conhecidos na infância —, mas em vez disso a parte de asfalto era mais larga do que eu imaginava, as calçadas de cada lado eram mais amplas e os prédios, mais altos e mais dominadores contra o céu noturno. Parei na calçada oposta à entrada arcada do edifício, flanqueada por aqueles dois cupidos horríveis de gesso. Pensei no que faria se a visse. Observei as janelas. Poucas estavam acesas. Peguei o mapa e, sob a luz do poste, encontrei o melhor caminho para o centro — o caminho que eu suspeitava que meu pai teria percorrido, a pé. Localizei o que supus ser a tabacaria mais próxima e comprei um maço de Dunhill, a marca que meu pai fumava. O familiar maço fino cabia perfeitamente no bolso da minha camisa.

Até onde eu sabia, Béatrice Benameur podia ter se mudado ao longo daqueles dez anos — se é que de fato chegara a morar ali —, mas ainda assim eu estava tão agitado por ter localizado o prédio que na manhã seguinte, depois do café, vaguei de volta à rua Monnier. Desta vez tive coragem de consultar os nomes no interfone — por que eu não fizera aquilo no dia anterior? Havia medo e ansiedade na minha garganta. E lá estava: "Mlle. BENAMEUR". Tive que ler mais de uma vez. O nome parecia estranhamente novo, como se eu nunca o houvesse visto antes.

De repente eu precisava sair daquele labirinto de ruas estreitas. Depois de virar algumas esquinas encontrei um café em uma das avenidas próximas. De início o lugar parecia como qualquer outro, mas assim que me sentei fiquei convencido de que já havia estado ali antes, talvez com meus pais, em uma das numerosas visitas que fizéramos à cidade. Bebi rápido o café e saí.

A avenida dava para o parque. Dei algumas voltas nele e me sentei em um banco. Depois de algumas horas, comecei a me sentir mais calmo.

*

Voltei ao mesmo café para almoçar. Eu estava sentado ali no canto havia algum tempo — fazendo o que Mona costumava fazer, "polindo meu francês" com uma cópia de *La Tribune de Genève* — quando, depois que o enorme contingente de pessoas para o almoço diminuiu, percebi que reconhecia a mulher de saia-lápis sentada junto à janela. Antes de reconhecê-la, eu notara como ela colocava a mão entre as coxas e as apertava, sustentando com a outra mão uma xícara de café perto da boca, às vezes deixando apoiada a borda no lábio inferior mesmo muito depois de já ter dado um gole. Ela parecia Béatrice Benameur. Mas eu ainda não tinha certeza: seria mesmo a mulher com quem o Pai passara suas últimas horas? Haviam transcorrido dez anos, e a foto do jornal não era de muita qualidade. Desejei ter ali comigo o recorte. Mas era tanta a minha familiaridade com aquela foto que era como se fosse uma imagem do meu próprio pai. Olhando para ela agora — imaculadamente vestida, a maquiagem tão sutil e cuidadosamente aplicada —, eu estava paralisado. Ela não parecia ter envelhecido muito naqueles últimos dez anos. Era como se não houvesse passado tempo algum, como se meu pai pudesse ainda estar deitado na cama dela ou pudesse de repente entrar no café e sentar-se diante dela. Eu estava contente por sua beleza, satisfeito por ele. Queria ir até a mesa dela, mas estava tomado pela convicção de que qualquer ação minha faria com que o momento e suas possibilidades desaparecessem. Além disso, o que eu diria? Tudo o que eu podia fazer era observá-la de trás do meu jornal. Ela se levantou para sair. Era a minha chance. Mas quando ela olhou na minha direção, eu baixei os olhos.

— *A bientôt, mademoiselle Benameur* — disse o garçom.

Eu paguei e saí. Vi de relance ela entrando em outra rua. Corri atrás dela. Olhei para trás e vi o garçom parado do lado de fora do café com seu longo avental branco, impecavelmente passado com grandes vincos que formavam quadrados, seus olhos sobre mim. Depois disso não corri, e cuidei para que meus passos fossem medidos. Virei a esquina atrás dela. Ela já estava a uma boa distância. Tentei correr de novo, mas meus sapatos estrepitavam alto contra os paralelepípedos. Não importava; meus passos eram mais rápidos que os dela, e em pouco tempo eu estava próximo dela, inspirando profundamente, tentando sentir seu cheiro. Mas não senti nada, nem mesmo quando ela parou para olhar as horas e eu me detive também, tão perto que, quando expirei, alguns fios do seu penteado se dividiram. Ela acendeu um cigarro e atravessou a nuvem de fumaça. Vi-a cruzando a rua. Ela apertou a campainha de um prédio modesto que tinha um piso pálido de madeira com uma pequena placa de latão. Uma bandeira suíça pendia de um mastro no primeiro andar. O pano era tão comprido que a ponta vermelha varreu o topo de sua cabeça quando ela empurrou a porta e desapareceu para dentro.

Aquela noite eu não consegui dormir de ansiedade em face das possibilidades. Decidi que tentaria conhecê-la sem revelar minha identidade. Tinha medo de que, se ela soubesse quem eu era, poderia se assustar e sumir, como fizera dez anos antes.

*

No dia seguinte, atravessando a Pont de la Machine sob o sol claro de setembro, o lago se abrindo e brilhando contra as montanhas nevadas à distância, me deparei com um aglomerado de pessoas reunidas, as mãos enluvadas no parapeito, as cabeças viradas, algumas delas gritando instruções para o homem que, lá embaixo, inteiramente vestido, tentava em desespero sair da água.

Ele abraçou a coluna da ponte e conseguiu tirar o torso da corrente rápida, mas voltou a escorregar. Olhava desesperadamente para a margem embaixo da ponte, onde eu podia ver uma mulher ajoelhada, seus cabelos amarrados por um lenço como se ela tivesse acabado de sair de um carro conversível. Não dava para ver seu rosto, mas pela posição do braço eu suspeitava que ela estivesse tapando a boca com a mão. A cabeça dele se sacudia acima da linha da água. Seu nariz começou a sangrar. Ele o limpou, e jogou a cabeça para trás. Por um momento seus olhos nos viram ali em cima, mas ele parecia não perceber os gritos ansiosos para que ele se apressasse, para que se agarrasse de novo à coluna, para que não desistisse. Seu corpo se movia com fúria debaixo d'água. Bastou ele endireitar de novo a cabeça e seus lábios e queixo se cobriram de sangue. Ele começou outra tentativa de escalar a ponte. Escorregou e caiu de volta na água. A mulher embaixo da ponte não se mexeu.

— Chamem os bombeiros! — gritou um homem.
— Já chamamos — disse um outro. — Já faz um tempo.
— Por que estão demorando tanto? — disse a mulher atrás de mim, com tanta suavidade que me senti obrigado a olhar para ela.

O homem na água agora se empenhava com avidez, uma nova força em seus braços. A coluna estava a menos de 1 metro de distância. Ele se agarrou a ela e conseguiu se erguer até a primeira trave. Estava fora de vista agora. A água parecia mais escura sem ele. Apoiado no parapeito, me debrucei como os outros para ver. Sempre que alguém de trás perguntava se o homem havia conseguido, ignorávamos. Eu mantinha o olhar na mulher. Ela ainda estava de joelhos, mas sua mão agora se afastara da boca e estava estendida para a frente como se ela dissesse "Fique aí". Quando ele enfim saltou para a margem inclinada, a água espirrando das costuras de seus sapatos pretos de couro, todos nós aplaudimos. A mulher abriu os braços e o homem caiu sobre ela, a cabeça encontrando rápido seu colo. Ela acariciou os cabelos molhados dele, penteando-os, ajeitando-o atrás das orelhas, e, como daquele ângulo não podia se curvar para beijá-lo, levou a palma da mão dele ao rosto. Ela desamarrou o próprio lenço e o enrolou para posicioná-lo embaixo das narinas dele. Os cabelos dela relaxavam ao vento, como se respirassem o ar, e caíam, grossos e negros. E agora, à medida que a sirene distante se tornava mais próxima, a imobilidade dos que me cercavam parecia menos uma expressão de preocupação e mais uma celebração. Eu segui com pressa rumo ao café, tomado por um súbito sentimento de afobação e esperança.

Capítulo 30

Era a hora do almoço, e o café estava quase lotado. A única mesa livre era a que ficava junto à janela. O garçom me observava da porta sem falar nada. Depois de um tempo, veio à minha mesa. Pedi um filé, malpassado, pois lembrei que meu pai gostava assim. Pensava nele sentado naquele restaurante, em um de seus ternos cinza-escuros. Perguntei-me se eu conseguiria encontrar o alfaiate dele. Lembreime de como eu costumava me sentar em um banco na loja, apenas para assistir enquanto lhe tiravam as medidas. Talvez eu pudesse pedir calça, paletó e colete no estilo que ele preferia, pensei. A turma do almoço saiu, e só sobrei eu no lugar. Béatrice Benameur não apareceu. Em um dado momento, tive a impressão de que o garçom estava falando com ela ao telefone. Enquanto ele falava, lançou um olhar na minha direção e se virou de costas, sussurrando, assentindo. Tive certeza de que ele estava recebendo instruções. Quando desligou, eu acenei, pedindo a conta.

Voltei ao meu quarto e fiquei na cama até a manhã seguinte, mal conseguindo dormir. Como ela reagiria se eu simplesmente tocasse o interfone e me apresentasse? Pensei em ligar para Taleb e perguntar o que ele sugeriria que eu fizesse. Pensei em ligar para Mona, em pedir que fosse me encontrar. Às 9 da manhã telefonei, enfim, para o escritório do *monsieur* Hass. Vinha querendo ligar para ele desde que chegara a Genebra, mas por alguma razão ainda não tivera coragem para isso. Ninguém atendeu. Voltei a discar o número a cada cinco minutos até que, por volta das 9h45, sua secretária atendeu:

— O senhor estava ligando antes? — perguntou ela.
— Não — falei.

Ela me deixou esperando, e voltou para dizer:

— *Monsieur* Hass quer que o senhor venha assim que possível. Pode vir agora?

Os dez anos que haviam se passado desde a última vez que eu vira Charlie Hass haviam emagrecido ainda mais sua figura já delgada; seu terno pendia um tanto solto, agora. Por alguma razão ele parecia mais baixo, e seus ombros se curvavam discretamente. Seus cabelos já não eram negros. Eram finos os fios em seu escalpo. Mas a mudança mais significativa, ainda que também sutil, eram seus olhos. Estavam agora menos certos, mais cautelosos. Ele parecia ter cedido à inevitabilidade de suas dúvidas.

Apertamo-nos as mãos, e ele me segurou pelos ombros.

Ele se sentou atrás de sua escrivaninha, e eu, na pequena poltrona que ficava em frente.

— Você está parecendo o seu pai — disse ele. — Tem a mesma postura.

O braço da secretária surgiu ao meu lado e depositou uma xícara de café sobre a escrivaninha. Hass esperou que ela saísse.

— Então, o que o traz a Genebra?

— Estou só de passagem. Pensei que deveria passar por aqui, lhe agradecer.

— Está tudo bem quanto às questões financeiras, espero?

Notei um fino véu de umidade brilhando em sua testa. Uma expressão nova passou por seu rosto e desapareceu.

— Viver com o legado dele, com o que ele fez, com o caminho que tomou, deve ser difícil.

Tive certeza de que ele interpretou o silêncio que se seguiu como uma concordância.

— Mas você não pode culpá-lo. É claro que ele fez escolhas difíceis, mas não pode julgá-lo. Tem que deixar tudo isso de lado e se orgulhar da coragem dele, de sua obstinação. Um homem inferior, especialmente com a inteligência e os recursos dele, teria deixado tudo para trás, vivido uma vida provinciana em algum lugar.

— Eu não me incomodaria em viver assim.

Ele não respondeu, mas as gotículas de suor em sua testa cresceram.

— Lembro-me de ele ter mencionado uma cidade no norte da Califórnia, um lugar de que ele gostava. Sim, agora estou lembrando. Ele estava sentado onde você está, nessa mesma poltrona, e disse: "Charlie, estou pensando em pegar meu garoto e me mudar para os Estados Unidos. Comprei uma casa com esse propósito. Em Point Reyes." "Onde fica isso?", perguntei. "No norte da Califórnia", ele disse, e eu não consegui me conter. Por sorte ele riu também. Pensar em seu pai relaxando em uma praia californiana! Mas acho que ele de fato se sentia dividido, preocupado com o que a vida dele podia significar para você. Preocupado com a forma como as coisas podiam terminar. Estava certo em se preocupar, é claro.

Nós dois ficamos em silêncio. Hass expirou longamente.

— Depois disso eu o levei para um almoço maravilhoso; seu pai era famoso pelos demorados almoços. E ele nunca mais mencionou a Califórnia.

De repente tudo naquela sala parecia velho, gasto: a escrivaninha e o velho sofá no canto, o terno de Hass.

Ele baixou os olhos para os próprios dedos, longos e finos, e disse com suavidade, como se falasse consigo mesmo:

— Ele foi mesmo um grande homem.

Deixei meus olhos descansarem nos halos dourados da borda interna da pequena xícara de café. Havia algum conforto em olhar a negridão do líquido, o vapor subindo em um bafo cinza.

— O que aconteceu com Béatrice Benameur?

Nesse momento seus olhos se mostraram ainda mais cautelosos.

— Você chegou a localizá-la de novo?

— Sim. Os anos foram duros com ela também.

— Eu gostaria de falar com ela. Afinal...

Por alguma razão, não consegui completar a frase.

— Claro. Vou tentar — ele disse com gentileza, rompendo o silêncio. — Deixe comigo.

Lentamente anotei o nome do hotel onde eu estava hospedado, o número do quarto.

*

Desci a Cidade Velha até a margem do lago e ali me sentei em um banco. Minha mente começou a imaginar um outro eu possível: um que fosse mais proativo, mais corajoso e mais capaz, cujas interrogações fossem menos desesperadas e menos incompreensíveis para mim mesmo. A vergonha e o arrependimento me aborreciam, e juntos eram tão persistentes quanto os gritos das gaivotas que agora pairavam por cima do lago. As nuvens passavam rápido. Cortavam a luz em faixas que marcavam a água e as montanhas escarpadas que bloqueavam o horizonte. Eu me sentia tonto, como se compreendesse a escala das coisas pela primeira vez e, com ela, a realidade vasta porém intrincada do mundo físico e de minha precária presença nele. Segurei a cabeça e fixei os olhos na grama aos meus pés. Contei os pontos de costura no couro dos meus sapatos. Queria que aquele mundo parasse. Queria fixá-lo e ser fixado nele. Mas tudo se movia, as nuvens, o vento.

Um menino estava sentado agora na outra ponta do banco. Havia quanto tempo estaria ali? Ele me observou por um longo tempo antes de falar:

— Você está triste?

Tentei sorrir.

Ele voltou a olhar para os próprios joelhos. Suas pernas eram curtas demais para alcançar o chão. De vez em quando ele chutava o ar. Virou-se de repente. Como detectara que a mãe se aproximava? Ela veio e se sentou entre nós, tirou algo embrulhado em uma sacola de papel e lhe entregou. Pegou de volta, abriu a embalagem e lhe devolveu. Ficaram sentados em um silêncio tranquilo, comendo seus sanduíches, a mãe se virando de quando em quando para limpar as migalhas do queixo dele.

Deixei-os ali e subi de volta para o labirinto de ruas da Cidade Velha. Andei rápido, até que as ruas mais íngremes me contiveram. A noite caía como uma veneziana. Não havia lua. Os postes de luz estavam acesos. Devia ter chovido, também, porque as luzes cor de âmbar se refletiam nos paralelepípedos molhados. Toquei meu cabelo, e a palma de minha mão brilhou. Mas o ar estava maravilhosamente ameno, e eu não sentia necessidade de abotoar o casaco. As árvores e os arbustos, crescidos em fim de verão, desprendiam suas fragrâncias. Eu estava sozinho. As ruas estavam desertas. Olhei a hora — no relógio que meu pai havia usado pela última vez naquela mesma cidade. Eram 11h30. Eu estava andando fazia horas. Os prédios de pedra se mostravam turvos na noite, e, olhando para eles, eu sentia um profundo desejo de habitar aqueles cômodos. De fazer amor e comer e tomar banho e dormir ali, de brigar e fazer promessas, de me sentar com amigos e conversar ao longo da noite, ouvir música, ler um livro, escrever uma carta, ponderar a posição de um novo objeto, observar as flores em um vaso raso, observá-las em diferentes momentos do dia, cortar suas hastes e trocar a água diariamente, tirá-las de uma luz mais forte, de uma corrente de vento, prolongar sua existência. Foi então que ouvi um homem me chamando. Como era estranho ouvir meu nome ecoando nas ruas vazias. Depois, o bater de cascos. Virei-me, esperando ver o torso grande e musculoso de um cavalo se aproximando. Mas eu havia me enganado. Eram passos. Duas pessoas. Uma era o *monsieur* Hass. Eu o teria reconhecido antes se ele estivesse sozinho. Parecia muito mais relaxado do que quando eu o encontrara mais cedo, em seu escritório. Uma mecha de cabelo prateado pendia em sua testa. Seu braço estava trançado no de uma mulher. Ela trajava a mesma saia-lápis. Quando reconheci quem era, dei um passo para trás. Foi como se o ar se evadisse de meus pulmões. Eu não conseguia falar.

Béatrice Benameur estendeu a mão.

— Lamento muito. — Ela fez uma pausa. — Mas estou muito contente de conhecer você, finalmente. — Ela pousou a outra mão em cima da minha.

Sim, com certeza eram lágrimas.

— Vi você ontem no café — ela prosseguiu —, mas não sabia quem era. Agora vem Charlie e me conta que...

Hass riu.

— Ela entendeu errado, pensou que você fosse...

Ela destrançou o braço do dele, e isso o fez parar. Ela secou os olhos com um lenço dobrado em um pequeno quadrado.

— Podemos caminhar juntos? Eu moro aqui na próxima rua. Você deve ter muitas perguntas a fazer — disse ela.

Caminhamos, ela de um lado, eu do outro, com o *monsieur* Hass no meio. Tantas coisas eu queria perguntar; tantas coisas sem resposta que eu senti um súbito, terrível pânico.

Chegamos ao prédio dela, à entrada dos cupidos. Eu queria lhe perguntar agora por que ela não abrira a porta quando Hass trouxera Mona e eu àquela entrada tantos anos antes. Queria saber se ela estava de fato ali dentro o tempo todo, talvez no chão atrás do sofá, fechando os olhos com força a cada vez que Hass pressionava o estridente interfone.

Demo-nos as mãos, e mais uma vez ela cobriu, com a outra mão, a minha. Percebi que ela devia ter pegado do meu pai o hábito árabe.

— Por favor, suba — disse ela. — Eu sempre quis...

Agora que o momento que eu desejara por tanto tempo finalmente chegava, eu não conseguia falar. No silêncio que se seguiu, Hass olhou para ela. E assentiu com seriedade, dizendo:

— Haverá tempo. Você ainda não está indo embora, está? — Como eu não respondi, ele completou: — Ótimo.

Ele subiu com ela, o que me surpreendeu, porque, mesmo de braços dados, eu tinha certeza de que não eram amantes.

Eu não conseguia suportar a separação. Tive que me forçar a voltar ao hotel.

Capítulo 31

De manhã, liguei para o escritório de Hass. Sua secretária me fez esperar por um longo tempo, depois voltou para dizer:
— Perdão, ele já vai ligar para o senhor.
Permaneci ao lado do telefone. Meu coração disparava a cada vez que eu ouvia tocar o telefone do andar de baixo e, em seguida, escutava o recepcionista dizer "*Hôtel Eden, bonjour*". Vinte minutos depois ele ligou de volta. Deixei que o telefone tocasse três vezes antes de atender.
— Precisamos conversar. Preciso explicar. Vou até onde você está. Podemos nos encontrar em dez minutos?
Quinze minutos depois ele surgiu no saguão do hotel.
— Você primeiro — disse ele, colocando a mão em meu ombro ao entrarmos no mesmo compartimento da porta giratória.
Depois de alguns passos, parei.
— Há quanto tempo você a conhece?
Ele segurou meu cotovelo com leveza e disse:
— Venha.
— Antes ou depois do desaparecimento? — perguntei, recusando-me a andar.
— Antes — disse ele com suavidade, com arrependimento. — Por favor, venha, vou lhe explicar tudo.
Ele me levou ao café onde eu vira Béatrice da primeira vez. O garçom o cumprimentou e me olhou por um segundo a mais, antes de nos levar à mesa junto à janela com

vista para a rua. Hass deslizou um dedo longo e fino pelo colarinho.

— Não era minha intenção que você a conhecesse daquele jeito.

Ele se mexeu e ficou sentado na ponta da cadeira, olhando para as próprias mãos.

— Você mentiu para nós — falei.

Em vez de protestar, ele disse:

— Sim, menti. Mas por bondade. Teria sido demais.

— Não entendo. E o que você quis dizer ontem, quando falou que ela entendeu errado? Quem é ela? E como você a conhece? E se já a conhecia, por que não contou nada a mim ou a Mona?

— Na verdade, contei. Eu havia entendido a situação completamente errado. Já fazia alguns dias que eu estava preocupado porque ela havia me contado que vira um homem suspeito no café, um homem de aparência árabe que fingia estar lendo o jornal. "Ele seguiu você?", perguntei, e ela disse que sim, e que no dia seguinte o garçom lhe contara que o árabe havia voltado e aparentemente ficara esperando por ela. Isso já havia acontecido uma vez, e a experiência a deixou... Bom, ela ficou perturbada, totalmente perturbada, é claro. Como não ficar? E eu me preocupava por ela e por mim; parecia que as pessoas que haviam levado o seu pai não tinham limites. Mesmo depois de você visitar meu escritório ontem, eu não juntei as coisas. Mas como eu iria saber que o homem que ela havia encontrado era você? Então disse a ela para não voltar àquele café. E na noite passada, quando você nos viu juntos, eu a estava acompanhando até em casa.

Então Hass baixou o olhar para as próprias mãos e abriu um sorriso sincero, afetuoso.

— Quando vimos você, ela se agarrou forte ao meu braço e disse "É ele". Eu ri. "Esse é o filho de Kamal", falei, e ela não conseguia parar de olhar para você. Ela queria que eu o apresentasse ali mesmo naquele instante, mas, como eu disse, eu não queria que vocês se conhecessem daquele jeito. Então ela insistiu em que nós seguíssemos você a uma certa distância. Num dado momento, chegamos tão perto que podíamos ouvir você falando baixinho consigo mesmo. Mas então, de repente você pareceu se lembrar de alguma coisa. Você acelerou o passo e, depois de algumas ruas, nós o perdemos. Voltamos a encontrá-lo por acaso. Você estava parado no meio de uma rua vazia, olhando os prédios. Eu vi os olhos dela ficarem marejados. "Ele está chorando", ela disse, e me empurrou na sua direção.

Ouvir esse relato me deixou desconfortável. Tentei olhar pela janela.

— Sinto muito por ter feito você conhecê-la desse jeito — disse ele, e soltou um riso nervoso. — Mas pensar que ela achou que você fosse...

— Quem ela pensou que eu fosse?

Ele esfregou a mão na boca com rispidez.

— *Monsieur* Nuri, tenho certeza de que também visitaram você.

— Quem?

— Você quer me dizer que em todos esses anos ninguém foi ver você?

— Pelo amor de Deus, a quem você se refere e o que disseram a ela?

Como o garçom chegou à nossa mesa, Hass se deteve antes de responder. O garçom mantinha os olhos fixos em mim enquanto colocava as xícaras de café na mesa.

— Sabe quem é este? — Hass lhe perguntou. O garçom pareceu apreensivo. Hass prosseguiu: — É o filho do Paxá Kamal.

O rosto do homem se alterou. Ele olhou para Hass pedindo uma confirmação, e Hass ergueu as sobrancelhas e assentiu. O garçom estendeu a mão, e eu o cumprimentei.

— Prazer, prazer — disse ele.

— O filho único — disse Hass, como se rememorasse para si mesmo esse fato.

— Estranho você vir ao mesmo café — disse o garçom.

— Você o sentiu, *monsieur*, você o sentiu no ar.

Eu olhei para Hass, e ele explicou:

— Seu pai costumava vir muito aqui.

— É mesmo?

— Sim — disse o garçom. — Todas as manhãs. Ele morava aqui perto, você sabe, e...

— Acho que é o bastante — Hass o interrompeu.

— Bom, seja muito bem-vindo, *monsieur*, muitíssimo bem-vindo — disse ele, e apertou de novo minha mão.

Depois de um longo silêncio, *monsieur* Hass falou:

— Conheço Béatrice desde sempre. E, sim, escondi este fato de vocês. Mas naquele momento teria sido muito difícil para ela e para você, principalmente para madame Mona, conhecê-la.

Ele se recostou na cadeira.

— Sabe, a maioria dos homens passa a vida toda tentando entender seus pais.

Eu tinha certeza de que ele havia ensaiado essa frase; parecia vir do nada.

— No meu caso, não havia homem mais misterioso que meu pai. Ele era do tipo antigo. Amoroso, mas formal. Morreu quando eu era jovem. Mas acho que eu não me sentiria diferente se ele ainda estivesse vivo.

— Meu pai e eu éramos muito próximos.

— Claro que sim.

Como havíamos chegado àquele ponto, eu me perguntava, em que ele fingia tolerar minhas ilusões?

— Mas os fatos da vida de um homem — ele prosseguiu — dizem muito mais que sua presença. Preciso lhe contar sobre Béatrice. Você não sabe quem ela é realmente ou o que ela significava para o seu pai. E, quando souber, vai entender minhas ações.

— O que ela estava fazendo ali, afinal? É muito suspeito. E o fato de você ter mentido para nós torna tudo mais suspeito.

Hass me encarou com um olhar sério.

— Você precisa conversar com ela — disse ele. — Já passou bastante tempo. Ela significava muito para o seu pai e não teve nada a ver com o desaparecimento dele. Ela tem sofrido muito, e em silêncio, desde que aconteceu. — Então, depois de uma longa pausa, continuou: — O que faz com que alguns homens sejam inadequados para a vida de casado? Para alguns é um conforto; para outros, uma prisão. E por que alguns se contentam com uma só mulher e outros não? São perguntas estúpidas.

— Fico aliviado que você pense assim.

— Mas a verdade é que seu pai tinha amantes. Porém, com Béatrice, as coisas eram mais complicadas. Posso dizer, sem qualquer dúvida, que seu pai a amava. Eu me surpreenderia muito, se ele ainda estiver vivo, se não estivesse mais apaixonado por ela. Era algo muito forte. E juntos eles tinham uma vida aqui, sabe, nesta cidade, que se parecia com uma vida normal, uma vida como a de qualquer outro casal, uma vida, eu suspeito, não muito diferente da vida que você e sua mãe tinham com ele no Cairo.

Um formigamento agora tomava todo o meu corpo. Eu queria ir embora. Mas ele voltou a falar:

— Alguma coisa acontece entre um homem e uma mulher que ninguém consegue compreender. — Ele contemplou a rua. — Um segredo que mesmo eles podem nunca chegar a saber. Lá vem ela — disse ele, e nós dois vimos Béatrice cruzar a rua. — Seja gentil — sussurrou ele.

E eu me vi sussurrando de volta:

— Não se preocupe.

*

Béatrice Benameur entrou no café e se sentou ao lado de Hass.

— Vou deixar vocês dois conversarem — disse ele, levantando-se.

— Você pode não ficar? — disse ela.

Ele sorriu para ela de um jeito que, eu suspeitava, ele reservava apenas para aqueles com quem tinha mais intimidade.

Nós o vimos partir. Ele acenou ao passar pela janela.

— É um bom homem. Pode ser superprotetor às vezes. Desde que éramos crianças ele é assim. Ele lhe contou? Somos primos.

— Sei.

Há um instante em que uma presa vê seu caçador e o reconhece. Era assim que Béatrice Benameur me olhava agora. Reconheci nela algo de mim. Nós éramos os sobreviventes, aqueles destinados a ficar para trás. Ela desviou o olhar, e eu analisei seus traços. O tempo havia cortado linhas em um rosto que sem dúvida ainda era bonito. Imaginei como seria ela e meu pai sentados lado a lado agora, envelhecendo em uma cidade em que se podia tomar tantas coisas como certas.

— Não há um dia em que eu não pense nele — disse ela.
— Ele escapou entre os meus dedos. Eu me sinto responsável. Como se eu o tivesse deixado cair.

Apertei com força os maxilares, porque meus dentes começavam a bater. Teria sido ela a primeira pessoa a quem meu pai telefonara quando minha mãe morrera? Eu o teria perdoado. Eu me perguntava o que ele era para ela, como ela o chamava, se tinham apelidos um para o outro.

— Em minha mente — falei —, eu nunca o tive por inteiro. Sempre estou perto demais para assimilá-lo bem.

Então se fez um longo silêncio, e eu senti que tinha falado demais.

— Eles entraram muito quietos, enquanto estávamos dormindo. Ainda não sei como conseguiram invadir sem fazer nenhum ruído. Eu tenho o sono tão leve! Seu pai costumava me provocar dizendo que uma nuvem passando em frente à lua cheia me acordava. Quando despertei, eles estavam bem ali, duas pessoas paradas ao pé da cama. Não dava para ver os rostos, porque a luz do luar vinha da janela atrás deles. A lentidão daquilo. Eu me virei para acordar Kamal, mas ele já estava acordado. Lembro-me de pensar: como ele sabia que estavam vindo? Ele estava sentado na cama e parecia que o esperava. Tentei gritar, mas não consegui. A essa altura eu já conseguia vê-los melhor: um homem de terno, quase sorrindo, e uma mulher parada ao lado dele. Ela parecia em pânico, muito tensa, e gritava com o homem; ele, por outro lado, parecia já ter feito aquilo muitas vezes antes. O homem disse alguma coisa em árabe, e Kamal começou a se vestir. Comecei a gritar, mas nenhum deles, nem mesmo Kamal, se alarmou. A mulher sacou uma arma com um silenciador e eu parei. As mãos dela tremiam, disso eu me lembro. Eles o seguraram um de cada braço e o conduziram para fora. Ele não tirava os olhos de mim. Ainda posso ver o rosto dele, virado para trás. Eu o vejo em sonhos, e o vejo quando estou acordada. Fiquei andando pelo quarto. Não sabia o que fazer. Então liguei para Charlie; Kamal havia me dito que, se alguma coisa lhe acontecesse, eu deveria ligar primeiro para Charlie. Ele me pediu para esperar vinte minutos antes de chamar a polícia. Quando perguntei por quê, ele só repetiu que eu deveria esperar pelo menos esse tempo. Eu entendi quando um jornalista amigo dele chegou, cinco minutos antes da polícia. A ideia de Charlie era que quanto mais a cobertura do sequestro ressaltasse o aspecto político, de que um proeminente ex-ministro e dissidente havia sido raptado em solo suíço, maior a chance de encontrarem Kamal. É claro que eu não queria ser exposta pelos tabloides, mas fiz isso com satisfação porque, se a polícia houvesse chegado ali antes, a coisa toda teria sido abafada em um minuto. — Depois de uma pequena pausa, ela perguntou: — O que você acha que aconteceu com seu pai?

Eu não sabia como responder. A verdade é que eu não acredito que pai esteja morto. Mas também não acredito que esteja vivo.

Ela tirou da bolsa uma foto e a colocou à minha frente. Meu pai parado em uma esquina, a rua de paralelepípedos caindo íngreme atrás dele, depois virando à direita. Seus braços um pouco distantes do torso, as mangas da camisa dobradas. Seus olhos sugeriam um leve atordoamento. Eles sabiam. As faces também sabiam: afundadas e um pouco mais escuras. E no bolso da camisa, a ponta de uma esferográfica barata. Parecia um professor de escola. Parecia desconfiado, pronto.

— A Place du Bourg de Four, um dia antes de acontecer — disse ela, e me olhou. — Estávamos caminhando, e eu pensei que devia tirar uma foto. Estranho, porque eu nunca fui muito de câmeras. Mas havia algo de peculiar naquele dia. Dava para sentir. Pode ficar. — Então vieram as lágrimas.

Eu puxei uma das mãos.

— Eu não devia chorar. Você perdeu muito mais.

Eu queria perguntar sobre o sangue no travesseiro, sobre o abajur quebrado, os sinais de resistência reportados no *Tribune de Genève*. Mas então, olhando pela janela, ela disse:

— Odeio está cidade, toda a lama que ela acumula.

Capítulo 32

Naquela tarde eu encontrei aquele ponto da Place du Bourg de Four e ali parei, virado na mesma direção que meu pai, vendo as persianas vacilantes que observavam de cima a rua Saint-Léger. Pensei em talvez pedir a um dos passantes que tirasse uma foto minha naquele mesmo lugar. Eles não teriam razão para suspeitar de qualquer coisa incomum. Depois de uns 15 minutos, guardei a câmera e segui meu caminho.

Béatrice havia me dado seu número, mas eu me perguntava se outra conversa poucas horas depois de nosso encontro no café não seria demais para nós dois. Parei em um telefone público e, mesmo sem saber o que dizer, disquei o número dela. Ela atendeu.

— Posso passar aí? — Como ela não respondeu, acrescentei: — Quero ver o lugar onde aconteceu.

— Claro.

Toquei o interfone e ela atendeu de imediato. Parado em frente ao apartamento, ouvi seus pés leves quase correrem até a porta. Ela a abriu e ficou parada de um lado. Eu podia sentir um perfume. Ela apontou para a cozinha, onde um jornal estava aberto sobre uma mesa retangular encostada à parede, e uma xícara com algo fumegante ao lado do jornal. O sol manchava as folhas amareladas de uma árvore que ultrapassava a altura da janela. Ao me ver hesitante, ela disse:

— Tem certeza?

— Sim.

Eu a segui até o quarto. A mesma janela. Dei a volta na cama até o ponto onde eu sempre imaginei que ele estava quando aconteceu. Afundei as mãos no colchão. Sentei-me, de costas para ela. Em cima da mesa de cabeceira não havia nada. Em uma prateleira na parede, uma biografia de nosso rei e a *História dos árabes*, de Philip K. Hitti, sem qualquer companhia. Eu me deitei, ainda com o casaco e os sapatos. Só então percebi que ela havia saído do quarto. Senti meu corpo afundar na cama. O teto era perfeitamente branco. Não tinha uma rachadura, mancha, inseto ou teia de aranha. Fechei os olhos.

Encontrei Béatrice na cozinha, as pálpebras vermelhas. Ela se levantou quando me viu e abriu a mão, apontando a cadeira da frente. Eu me sentei e fiquei a observar a luz aquosa atravessando as folhas atrás dela. Não era preciso falar.

*

Alguns minutos depois, ela disse:

— Tudo o que você está vendo, nós escolhemos juntos. Quando nos mudamos para cá, ele até insistiu em que pintássemos as paredes.

Eu não conseguia imaginar meu pai fazendo isso.

— Ele estava tão empolgado: escolhendo as cores, aprendendo como usar o rolo. Ele me fazia rir.

Eu olhei em volta, para as paredes.

— Alguns dos momentos mais doces, mais bonitos, eu vivi com ele. Queria que durasse para sempre.

Depois de um longo silêncio, senti que precisava dizer alguma coisa boa.

— Dois dias atrás vi um homem chegar perto de se afogar. Ele sangrava pelo nariz. Lutava com toda a força para se salvar. Eu tinha certeza de que ele não ia conseguir. Mas ele conseguiu.

Quando olhei para Béatrice, ela sorriu.

— Como está sua madrasta? — perguntou ela de repente.

Fiquei surpreso com aquela pergunta, tanto quanto com a minha resposta franca:

— As coisas entre nós se tornaram muito complicadas.

— Você precisa ser gentil com ela. A situação dela é mais difícil. Ela deve saber que seu pai se casou com ela por você. Ele sempre se puniu, desejando que fosse um pai melhor. Ele costumava dizer que o amava tanto que ficava paralisado perto de você. No início ele pensou que Mona podia ser boa para você porque via como vocês gostavam um do outro.

*

Mais tarde nesse mesmo dia, Charlie Hass me ligou no hotel.

— *Monsieur* Nuri, tenho que lhe agradecer. Você deixou Béatrice feliz pela primeira vez em muito tempo. Espero que permaneçam em contato.

Capítulo 33

Voltei para Londres e fui ver Mona de imediato. Disse que havia estado em Genebra e que tinha notícias. Toby havia perdido o emprego e estava morando com ela. Ela jogou as chaves na bolsa e saímos. Mona andava meio passo à frente, as botas raivosas contra a calçada. Sentamo-nos a uma pequena mesa num canto escuro do mesmo pub, o Bridge House. Ela estava de costas para a parede. A luz que vinha de trás de mim cobria seu rosto de branco.

— Conheci Béatrice.

— Ah, sim? O que descobriu? Meu Deus, você devia ter ligado. Achou que ela tinha conseguido uma pista? Gostaria de ter estado lá. Ela deve ter ganhado muito dinheiro para dormir com o seu pai.

Eu não sabia como responder. Era como se ela não estivesse falando comigo, só raciocinando em voz alta.

— Eles eram amantes. Fazia um bom tempo, Mona. Ele estava apaixonado por ela. Não foi só aquela noite. Estavam juntos havia anos.

O rosto dela pareceu colapsar. Os cantos de sua boca estremeceram, mas ela não disse nada. De repente tive a estranha percepção de que eu estava quase me divertindo. Não me importava de contar para ela. Eu quase queria ver até onde podia chegar. Então foi como se ela estivesse recolhendo cada parte de si para falar:

— Ah, claro que ela lhe contou isso. Não iria querer parecer uma puta para o charmoso filho de Paxá Kamal. Não é nenhuma surpresa.

Junto com a palavra surpresa, gotas de saliva saltaram à luz como cacos finos de vidro partido.

Senti-me obrigado a defendê-la — a mulher que meu pai amara por último.

— Ela não foi nem um pouco assim — falei. Como ela não comentou nada, senti que podia ir mais longe: — Ele claramente a amava. Ela o conhecia melhor que nós.

— Vá contar isso a Naima — ela cuspiu.

— O que Naima tem a ver com tudo isso?

— Ah, por favor, não me diga que nunca suspeitou. Você deve ter se olhado no espelho e se perguntado... Ora, veja a cor da sua pele, pelo amor de Deus. E o modo como ela sempre agia com você.

Pensei em sair correndo. Lembrei-me de como Naima costumava tomar o lugar da minha mãe na cabeceira da minha cama sempre que eu caía doente. E como, uma vez, quando eu estava com febre, minha mãe se pôs de lado quando Naima entrou, esbaforida. Quando voltei a erguer o olhar, minha mãe havia sumido. Eu a confrontei quanto a isso. Era tarde da noite; o céu só oferecia um fino véu de luz. Eu murmurava e gaguejava, e ela me segurou e disse:

— Eu sei, também parte o meu coração. Mas não podemos ver as coisas desse jeito. Todos temos sorte. Temos que nos considerar abençoados. — E começou a beijar cada uma das minhas mãos, minhas bochechas, minha testa.

E, como costumava ser com minha mãe, fosse por natureza ou por pura força, ela conseguia desviar a conversa dos assuntos dolorosos. Levantou-se e, fazendo algo como uma imitação de Charlie Chaplin, torceu um bigode invisível e começou a recitar algumas linhas de al-Jahiz sobre as formas mais apropriadas de um homem exibir seu burro.

Naquele momento eu odiei Mona. Odiei sua maldade, sua raiva, sua tristeza. Estava determinado a manter a minha postura. Olhei para ela. A pele em volta do pescoço parecia iridescente na luz, seus lábios uma mancha descuidada de tinta. Ela fechou os olhos e pressionou com os dedos a ponte do nariz. Em seguida suspirou, e sua mão voltou ao copo de bebida. Todo o gelo, menos uma moeda transparente, havia derretido. Sem dar nenhum gole, ela soltou o copo e esfregou a mão na própria coxa. Eu me perguntei se ela precisava de dinheiro.

— Eu pareço com meu bisavô — falei depois de um longo silêncio. — Por isso tenho a pele mais escura.

Mas essas palavras imprimiram um sentimento de vazio desesperador. Ela ergueu os olhos na minha direção, mas não disse nada. Eu me levantei. Ela pegou a bolsa, e nós dois saímos do pub e passamos à tarde reluzente.

— Tenho que ir — disse ela.

— Eu também.

Ela saiu andando, e eu segui na outra direção. Assim que virei a esquina, vomitei na calçada. Lágrimas cobriram meus olhos. Uma senhora com um cachorro parou para perguntar se eu estava bem. Consegui assentir com a cabeça, e ela seguiu em frente. Essa foi a última vez que eu vi Mona.

*

Uma noite, poucos meses depois, encontrei-me de novo parado na chuva, do outro lado do canal diante do apartamento dela, contemplando a janela acesa. Sentia um fogo em mim, e não era bom. O que ajudaria?, eu me perguntava, mas não soube responder. Nem mesmo possuí-la teria resolvido. Vi a sombra dela passando pelo teto de seu quarto. Soube então que eu tinha que ir embora de Londres.

Capítulo 34

O avião pousou no Cairo justo ao romper do dia. Ao me sentar no banco de trás do táxi, me surpreendi com a prontidão do endereço antigo em minha língua:
— Rua Fairouz, 21, Zamalek.

Uma fina névoa encerava as ruas vazias, que começavam a se aquecer. As lembranças retornavam. Lembrei-me de como minha mãe costumava pentear os cabelos, sem pressa e distante, como alguém que afastasse más notícias. Depois me lembrei de estar de joelhos sobre a cama de uma cabine a bordo do *Isis*, que subia o Nilo e adentrava o continente, penteando os cabelos de Mona. Tudo o que eu amava e tudo o que se perdera havia passado alguma vez por ali. E agora eu desembarcava na ausência, depois de todos terem partido.

Penetrando mais fundo na cidade, as ruas se trançavam. O Cairo estava quase plenamente acordado. Tentei não deixar as calçadas cheias, as vias engasgadas, me enervarem. Era como se, naqueles 11 anos que eu passara fora, uma terrível verdade houvesse inquietado a cidade de minha infância.

E ali estavam as ruas familiares da ilha fluvial que era o bairro de Zamalek. Todos nós — minha mãe, meu pai e até Mona — estávamos em toda parte que eu olhasse.

Quando chegamos à rua Fairouz vi Am-Samir, o porteiro, sentado nos degraus do prédio encarando a rua e o Nilo logo além. Havia manhãs em Londres em que eu costumava acordar agitado com a possibilidade de ele morrer ou ir embora dali. Ele havia sido uma figura constante na paisagem desolada. Eu não avisara que estava chegando. Queria deixar aberta a opção de dar meia-volta. Ele não me reconheceu quando saí do táxi e comecei a descer a mala Mas como ele poderia reconhecer o menino de 14 anos que eu era no homem de 25 que eu me tornara? Ele parecia mais velho. O tronco forte que era seu pescoço havia afinado, e seu pomo de adão era agora mais protuberante e parecia delicado como o crânio de um pássaro. Seu bigode havia se espessado e adquirido fios brancos e grossos. Era como se os anos houvessem reunido suas forças em volta dele e fossem agora uma companhia e um conforto. Ele me olhou com uma espécie de curiosidade benigna.

Eu havia mantido uma escassa correspondência com Am-Samir ao longo dos anos: cartas sempre breves e referentes à manutenção do apartamento. Ele não sabia desembaraçar a linha, como por aqui se costuma dizer, e por isso ditava suas breves cartas ao filho, Gamaal, que era apenas um ano mais velho que eu.

Assim que Gamaal aprendera a ler e escrever, Am-Samir o tirara da escola para acomodá-lo no raquítico banco de madeira do frio saguão de entrada do prédio. Lembro-me de como o rapaz ficava sentado ali, observando-me com uma espécie de perplexidade, um misto de curiosidade e inveja, sempre que eu descia correndo as escadas para pegar o ônibus escolar ou quando eu saía de mãos dadas com minha mãe para subirmos juntos a montanha, no fim da tarde. E ele me observava quando eu voltava de um passeio a cavalo, ou de uma partida de tênis, ou de críquete, e batia no meu ombro com nervosismo para me entregar uma bola ou um chicote que por acidente eu deixara cair no chão.

Em suas cartas, Am-Samir sempre indagava, por meio do filho: "Como anda sua saúde, Paxá Nuri? Quando vamos vê-lo de novo?" E sempre terminava dizendo: "Nunca vamos esquecer os seus pais." A última frase às vezes parecia uma acusação de que minha ausência era uma traição à memória deles. Outras vezes me lisonjeava. Essas indagações, ou acusações ou elogios, eram sempre correspondidas com uma reserva de que eu me arrependia assim que postava outra carta. Mas eu evitava qualquer culpa pensando que essas evasões eram necessárias, já que havia um leitor, Gamaal, entre nós. Mas agora eu estava lá, e lá estava ele, sem ninguém no meio. Parei no meio-fio, olhando para ele. Ele foi até mim, perscrutou meu rosto e jogou os braços em volta do meu corpo. Ele tinha cheiro de terra seca, limpa, lavrada. Pousou a mão áspera na minha face e afagou minha cabeça, embora eu fosse mais alto que ele. Eu podia ver lágrimas em seus olhos cinzentos.

— Que boa notícia — disse ele. — Que boa notícia! Gamaal! — chamou. — Veja quem está aqui! Senhor, sentimos sua falta. Agora os dias felizes voltaram. Como você cresceu!

Eu não conseguia parar de sorrir.

Gamaal parou ao lado do pai. Parecia mais circunspeto, mas a inveja ávida havia sumido de seus olhos. Sem dúvida, uma por uma, ele deixara para trás suas expectativas.

Deixei pai e filho discutindo quem carregaria minha mala. Gamaal pegou na alça antes.

— Saia — ordenou Am-Samir. — Eu estava esperando por este dia.

— Mas e as suas costas?

— São dez vezes mais fortes que as suas.

*

O elevador parecia menor. Apertei o botão do terceiro andar. O sentimento caiu sobre mim como uma rede de pesca: eu finalmente estava onde deveria estar. Afinal, se meu pai voltasse, aonde mais ele iria senão para casa?

Dentro do apartamento, parei à janela e contemplei a vista que já fora para mim tão familiar quanto meu próprio reflexo: o ombro da ilha empurrando o rio e a margem oposta se dobrando um pouco em concordância. O vento estava forte. Trazia com ele os sons da cidade.

— Se tivesse nos avisado... É inútil manter limpo um apartamento sem uso, não concorda, Paxá Nuri? — Am-Samir deixou a mala e colocou a mão na base das costas. — Não consigo acreditar nos meus próprios olhos. Você nos alegrou muito, Paxá.

Agradeci.

— Naima vai ficar feliz — disse ele. — Não há um mês, posso lhe dizer, em que ela não passe para perguntar sobre você, juro. No começo vinha dia sim, dia não. Pobre moça, nunca chegou a encontrar seu eixo.

— Onde ela está agora?

— Ela não se assentou, Paxá. A cada poucos meses muda de família. — Ele olhou para a minha mala. — Esta é toda a sua bagagem? Posso colocá-la no quarto? Espero que isso não signifique que vai embora logo.

— Não — falei. — O resto das minhas coisas vai chegar esta semana. Vou ficar em um hotel até lá.

— É uma ótima notícia. Vou deixar o apartamento brilhando. E com prazer, Paxá, eu juro, com prazer. — Ele levantou a mala. — Vou chamar um táxi. O melhor carro do Egito.

Ele saiu, e depois de alguns minutos eu fiz o mesmo.

— Vejo você em uma semana — falei, entrando no táxi.

— Vai estar tudo pronto — repetiu Am-Samir, Gamaal parado atrás dele.

E só depois que o táxi partiu lembrei que devia ter lhe dado algum dinheiro. Mas senti vergonha demais para voltar.

— Para onde vai? — perguntou o motorista.

Eu só conseguia lembrar o nome de um hotel.

— Ao Magda Marina.

— Onde é isso?

— Praia de Agami.

Ele riu, mas, ao ver pelo retrovisor que eu não estava brincando, disse:

— Mas isso é em Alexandria.

Iniciamos a viagem de três horas. Pela primeira vez em anos eu me sentia bem.

Capítulo 35

É um milagre eu ter conseguido retraçar meus passos, e também um milagre o Magda Marina ter sobrevivido ao desenvolvimento implacável infligido ao litoral. A arquitetura do hotel, típica do sul do Mediterrâneo na década de 1960, antes me parecia ingenuamente otimista, mas agora me arrebatava como elegantemente antiquada. Os mesmos gramados aparados serpenteavam diante das mesmas caixas de concreto com fachada espelhada que eram os quartos. Os mesmos azulejos de imitação mouresca em volta da piscina retangular. Encontrei a palmeira sob a qual eu havia me sentado tantos anos antes. O tronco estava mais largo, e a copa se erguera tão alto que quase não fazia mais sombra.

Era outono, e o hotel estava praticamente vazio. Como eu não conseguia lembrar o número do nosso antigo quarto, o quarto onde meu pai e eu costumávamos ficar, o recepcionista me levou até a piscina, de onde eu conseguiria apontá-lo.

— Mas esse é um quarto duplo.
— Eu sei.
— O senhor já ficou nesse quarto antes? — perguntou ele, voltando à recepção.
— Quando eu era criança. Muitos anos atrás.
Ele sorriu para mim.

Quando terminei o check in, o carregador, que aguardava com avidez a um lado, me conduziu até o quarto. Seus passos silenciosos e curtos sugeriam que minha mala era muito mais pesada do que de fato era.

Desfiz a bagagem e de imediato fui para o mar. Nadei até tão longe que eu já não podia ver a areia. Eu flutuava na brisa silenciosa. A água estava tão parada e calma que eu não sabia bem ao certo para que lado era a praia. De repente tomei consciência de como estava, também, gelada. Comecei a nadar, o rosto mergulhado, e tentei não ficar muito nervoso. Depois de umas poucas braçadas, ergui a cabeça e pude ver um fino naco de terra oscilando no horizonte.

*

Depois do almoço, liguei para Am-Samir.

— Ela não o encontrou por pouco — disse ele.

— Quem?

— Naima, Paxá, Naima. Pela graça de Deus. Ela passou aqui logo depois de você ir embora. Que coincidência! Estávamos limpando a casa. "Paxá Nuri voltou", falei. Ela não acreditou. Gamaal teve que convencê-la.

— Onde ela está agora?

— Fazendo a limpeza. Nos expulsou de lá. Você sabe como ela é — completou, rindo.

Eu estava deitado no frescor do quarto — garantido pela cortina na janela —, na cama em que meu pai dormia, e fiquei folheando o jornal, inclinando-o sutilmente na direção do abajur, como ele costumava fazer.

*

Os dias que se seguiram foram muito semelhantes ao primeiro. Meu gosto pelo mar persistia. Eu comia bem. E dormia ainda melhor. Mas à medida que os dias passavam, comecei a sentir vontade de voltar para o apartamento do Cairo, de rever Naima. Quando chegou o dia de deixar o Magda Marina, eu estava muito nervoso. Assim que o táxi penetrou no tráfego intenso da cidade, o nervosismo se converteu em ansiedade.

Encontrei o apartamento limpo, as duas camas feitas, e fui arrebatado pelo cheiro da comida que eu comia quando era criança. Nas novas prateleiras que haviam sido colocadas no hall estavam meus livros, que tinham sido desempacotados e arrumados com cuidado. Muitas das lombadas estavam de ponta-cabeça.

— Naima acabou de sair para fazer compras — disse Am-Samir. — A qualquer minuto deve voltar. Ela está muito feliz, Paxá. Cozinhando um banquete. Sua comida favorita: folhas de uva recheadas. Vê como ela lembra?

Tentei ignorar a violência com que meu coração batia.

Não sei quanto tempo fazia que ela estava parada ali. Estava mais velha, as lágrimas nos seus cílios parecendo diamantes. Abracei-a. Ela beijou minha mão, na palma e no dorso, e puxou minha cabeça para baixo a fim de beijar minha testa. Eu não conseguia parar de sorrir. Quando ela viu meu rosto, agarrou-se ao meu peito e chorou em silêncio.

Am-Samir também chorava, batendo as mãos e repetindo:

— Como o Senhor é generoso.

Gamaal estava parado a um lado, as mãos presas atrás das costas.

Eu voltara para casa para os braços de criados.

Insisti em que comessem comigo. Gamaal disse que não era possível. Am-Samir o olhou como se torcesse para que o filho estivesse errado.

— O quê? — falei. — Acham que vou comer sozinho?

Eles se sentaram comigo, mas quase não tocaram em nada.

Quando Am-Samir e Gamaal foram embora, deixando a mim e a Naima sozinhos, os silêncios assumiram uma nova qualidade. A cada vez que ela terminava de perguntar se eu queria chá ou café ou o que eu iria querer no dia seguinte para o café da manhã, o almoço ou o jantar, de que pratos eu sentia mais falta — Lembra da minha *molokhia*? Você adorava minha *molokhia* com pombo recheado — e a cada resposta que eu dava, parecia que voltávamos à nossa cadeia de pensamentos secretos. O que eu sabia — e preferia não saber — não podia ser expresso. Era impossível mudar nossa história em comum, ser mãe e filho à luz do dia. E isso não era um obstáculo, essa impossibilidade — era mais uma clemência.

Antes de partir para o longo trajeto até em casa, ela me mostrou o que havia feito. Enquanto eu estava no Magda Marina, ela havia arrumado todas as roupas do meu pai de modo que agora só ocupavam metade do armário. Começou, então, a arrumar minhas roupas. Pendurou as calças e os paletós em frente aos ternos dele. Guardou minhas cuecas ao lado das dele, todas velhas e amareladas. Posicionou cada uma das minhas meias, com a suavidade de alguém que espalha sementes, entre as bolas negras e semelhantes a pedras que eram as meias de seda de meu pai.

E aquela foto de perto que minha mãe havia tirado de si mesma, a foto que ela havia colocado na parede do meu antigo quarto poucos dias antes de morrer, agora estava sobre a mesinha de cabeceira de meu pai. Com satisfação deixei-a ali.

Por alguma razão, Naima presumira que eu ocuparia o quarto do meu pai, dormiria em sua cama. E foi o que eu fiz.

Capítulo 36

Naima vinha todo dia. Trabalhava pesado em cada refeição, cozinhando o bastante para alimentar uma família inteira.

— Quanto mais bocas você alimenta, mais abençoado seu lar será — dizia ela.

Mandava as sobras para Am-Samir e os motoristas que faziam hora no térreo.

As janelas cintilavam, o piso brilhava. O cesto de roupa suja não chegava a passar nem uma noite cheio. Ela insistia em lavar tudo à mão, porque "roupas com restinho de sabão fazem mal para a pele". Sentava-se de pernas cruzadas no chão de azulejos da lavanderia sem janelas e dizia, com uma maternalidade crua, enquanto suas mãos descontentes massageavam as vestimentas que eu usara, no máximo, no dia anterior:

— Não importa o que você diga, as máquinas não enxáguam direito.

Suas mãos estavam cobertas de mapas feitos de cicatrizes pálidas de tanto que a pele descascara ao longo dos anos. Comprei para ela luvas de borracha, mas ela nunca usava, nem mesmo quando aplicava água sanitária nas peças brancas.

— Você passou é tempo demais fora — dizia ela, afastando minha preocupação com seu riso.

A cada vez que eu olhava para baixo eu via uma camisa recém-passada, os botões em fila até o meu pescoço como os grampos de uma armadura antiga. E se eu ousava pegar um copo d'água ou tentar fazer chá, ela me expulsava da cozinha.

*

Uma noite, quando ela estava fazendo o jantar e repetindo "Você não vai acreditar no que eu preparei", a campainha tocou, lentamente, com um grande intervalo entre os toques. Eu não saí do escritório de meu pai, que se tornara meu refúgio, principalmente à noite. Pude ouvir Naima dando cálidas boas-vindas a alguém, e em seguida a suave elocução de uma grave voz masculina. Quando saí, vi, parado diante dela, de costas para mim, um homem em um terno reluzente. Ele se virou e eu vi o rosto familiar e gentil de nosso velho motorista, Abdu. Seus cabelos muito encaracolados estavam salpicados de branco; não fosse isso, o rosto núbio estaria quase inalterado.

— Viu como você tem sorte? — disse ele a Naima depois de me abraçar.

Naima mantinha as mãos apertadas contra a própria barriga, protegendo o pano permanentemente úmido de seu vestido, no lugar que ela encostava na pia da cozinha. Abriu um sorriso tímido, parecendo orgulhosa.

— Eu juro, Deus ama você — ele lhe disse. — Ah, sim — prosseguiu. Depois olhou para Naima, e de início eu não entendi o significado daquele olhar. Mas então seus olhos ficaram marejados. — Eu não disse a você que ia ficar tudo bem? — E a puxou pela orelha. — E tive que ficar sabendo por outros. Que Deus a perdoe por guardar para si mesma uma notícia boa dessa.

Ela então abriu um sorriso tão largo que seus dentes marrons apareceram.

Eu o levei ao escritório. Ele parou diante das fotografias emolduradas na estante, as que estavam ali desde antes e as que eu havia acrescentado desde que voltara. Parou em frente de cada uma e então deu um passo para o lado, pontuando o silêncio com as palavras:

— Bem-vindo de volta, Paxá.

Ele se recusou a jantar comigo, e eu ainda não estava pronto para que ele fosse embora.

— Você sabe — falei —, eu ainda não desci para ver o velho carro.

Ele riu.

— Ainda está com ele? É um ótimo carro.

— Vamos lá? — propus, e depois de uma ligeira hesitação ele se levantou.

Ele agora trabalhava no Ministério das Relações Exteriores.

— Mas estou semiaposentado. Só me chamam quando vem algum dignitário estrangeiro — disse, com orgulho.

Eu assenti, os olhos cravados no nó gordo de sua gravata. Era de um roxo claro com bolinhas brancas.

Quando estávamos ao lado do carro, seu bip soou. Ele se retirou a um canto, de costas para mim. Am-Samir, que nos acompanhara até ali, começou a retirar a capa cinza empoeirada. O metal velho brilhou quando ele o esfregou com a palma da mão. Os pneus estavam completamente vazios. Eu me sentei no banco de carona, onde meu pai costumava se sentar, principalmente quando ia sozinho com Abdu. O cheiro familiar do couro fazia parecer que o carro tinha se prendido à lembrança.

Eu observava Abdu. Havia algo inquietante em como ele sobrevivera bem à tragédia: o terno de qualidade, os sapatos pretos reluzentes, a confiança.

*

Levou um mês até que o telefone fosse reconectado. Liguei para Taleb em Paris e deixei uma mensagem em sua secretária eletrônica. Ele retornou a ligação e de imediato, sem nem dizer alô, comentou:

— Que bizarro estar discando de novo o número antigo.

Nós dois tentamos rir.

— Espere — falei. — Tem alguém aqui querendo falar com você. — E entreguei o telefone a Naima.

— Quem é? — sussurrou ela.

— Taleb.

— Que Taleb?

Então ela se lembrou e pegou o telefone.

Vi seu rosto sorrir e se avermelhar. Com a unha do dedão, ela raspava repetidamente um mesmo ponto do balcão da cozinha.

Quando peguei o telefone de volta, Taleb ficou em silêncio por um segundo a mais.

— Deus o abençoe — disse ele, e parou. — Você é um sujeito decente, Nuri. — O timbre de sua voz estava mais grave. Depois voltou ao normal. Ele me contou que Mona lhe havia telefonado. — Ela estava terrivelmente preocupada. Não fazia ideia de onde você estava.

— O que você disse a ela?

— Como assim, o que eu disse? Disse que você estava no Egito, é claro. Não acredito que você mesmo não tenha contado. — Como eu não respondi, ele acrescentou: — Você tem que ligar para ela.

Mas eu não liguei.

Alguns dias depois dessa conversa com Taleb, o telefone tocou e eu ouvi Naima dizer:

— Mas eu juro que eu senti saudade, madame; o país inteiro sente sua falta. E seu árabe ainda é bom, *mashallah*.

Naima enfiou a cabeça pela porta do escritório e, mesmo o telefone estando longe, na cozinha, sussurrou:

— É madame Mona, ligando da Inglaterra.

— Diga que eu saí.

Ela hesitou, e então voltou ao telefone.

*

Esperei uma semana e telefonei. Ela atendeu depois do primeiro toque. Em vez de me repreender por ter ido embora sem avisar, me surpreendeu com uma calidez que eu não via nela fazia muitos anos:

— Estou tão contente de ouvir sua voz! Como está o Cairo? Por favor, me conte. Foi tão bom conversar com Naima no outro dia. Ela parece bem. E você também.

Alguns dias depois ela ligou.

— Estive pensando. Talvez eu possa lhe fazer uma visita. Já faz tanto tempo!

— Claro — falei, ouvindo o desapego em minha voz.

— Nas férias de Natal, talvez?

Não respondi.

— Você vai estar aí?

— Não tenho certeza.

Fiquei surpreso com a vulnerabilidade que havia em sua voz àquela distância.

Ela continuou ligando de vez em quando. Estava trabalhando em um departamento da Selfridges. E dizia coisas como: "Eu gosto de lá. As pessoas são legais."

Em novembro ela começou a sugerir datas para ir me visitar. Minha falta de entusiasmo provavelmente a deixou tão desconfortável quanto a mim mesmo. Os intervalos entre os telefonemas aumentaram até que ela parou de ligar.

Capítulo 37

Uma noite, depois de Naima ir embora para casa, me vi pegando um dos ternos de meu pai. Enterrei o rosto em seu paletó. Vesti-o, mas ele apertava demais meus ombros e meu peito. Eu me sentia constrito. As mangas ficavam horrivelmente curtas, acima do punho. Eu nunca soube que roupas podiam encolher tanto por falta de uso. O terno podia servir para o menino de 14 anos que eu era na última vez que vi meu pai, quando eu mal alcançava o ombro dele. Desdobrei as roupas íntimas. Antes brancas feito sal, agora tinham manchas desiguais marrons, cor de tabaco. O elástico que antes se apertava à cintura agora inexistia, a faixa dura como carne seca, a costura dupla em volta da gola e das mangas das camisetas agora cediam.

Eu não conseguia dormir.

Experimentei mais roupas dele. O terno de tweed cabia, embora ficasse apertado. Quando eu lançava os braços para a frente, podia sentir que o tecido resistia um pouco. Talvez se eu o usasse com frequência, pensei, ele voltaria gradualmente ao tamanho original. Encontrei a velha capa dele, a que ele costumava deixar pendurada atrás da porta do escritório. Também ela parecia ter encolhido, mas consegui abotoá-la até em cima. Coloquei as mãos nos bolsos. Ele havia esquecido de esvaziá-los. Havia um lenço amassado em um, e um pacotinho pela metade de pastilhas de menta no outro. Coloquei-os de volta. Prendi o cinto em volta da cintura, do jeito que ele costumava fazer. Ele pode precisar de uma capa quando voltar. Esta talvez ainda caiba nele. Devolvi a capa a seu lugar.

Novembro de 2010, Londres

Agradecimentos

Gostaria de agradecer às seguintes pessoas: Mary Mount, Susan Kamil, Noah Eaker, Venetia Butterfield, Kevin Conroy Scott e Zoë Pagnamenta.

Devorah Baum, Andrea Canobbio, Keren James, Peter Hobbs, Lee Brackstone, Carole Satyamurti, Charles Arsène-Henry, Hazem Khater, Andrew Vass, Roger Linden e Jalal Mabrouk Shammam.

Ao Dr. Mia Gray, ao professor Dame Marilyn Strathern, a Peter Sparks e à faculdade do Girton College, Universidade de Cambridge. Beatrice Monti della Corte, da Fundação Santa Madalena. Thea e Robyn Pender e Hephzibah Rendle-Short.

Jaballa Hamed Matar, Fawzia Mohamed Tarbah, Ziad Jaballa Matar e Mahmoud Abbas Badr.

E, acima de tudo, a Diana.

H.M.

Este livro foi composto na tipologia Minion Pro,
em corpo 11,5/15, e impresso em papel off-white 80g/m²
no Sistema Cameron da Divisão Gráfica
da Distribuidora Record.